Russi Sand

# 15 Uhr 30 ab Darmstadt

von Spannern und Buchdruckern - Ein
Bickenbach Krimi

www.tredition.de

Verlag und Druck:
tredition GmbH, Halenreie 40-44, 22359 Hamburg

ISBN
Paperback:     978-3-347-21361-6
Hardcover:     978-3-347-21362-3
e-Book:        978-3-347-21363-0

Dieses eine Mal den Weg durch das Moor nehmen. Ist zwar eine enorme Abkürzung, aber dafür zwanzig Mal absteigen, über Baumstämme klettern, das Rad darüber hieven und wieder aufsteigen, um bald darauf erneut abzusteigen und unter einem quer liegenden toten Baum hindurchzukriechen. Apropos tot. Findest du nicht auch, dass das hier der ideale Ort für ein Verbrechen ist? Meinst du? Hast du vor, mich umzubringen? Nein! Kein Problem! Wenigstens heute nicht; so viele Mücken! Obwohl es heiß ist, ist dieser Weg angenehm, da jetzt die Hälfte von Schatten überzogen ist. Was man allenfalls hört, ist die Regionalbahn. Welche Verbindung? Darmstadt-Wiesloch. Züge, die hier ganz in der Nähe vorbeirauschen. Da kommt gerade einer, kannst du ihn hören? Ja, aber noch ziemlich weit weg. Ansonsten Totenstille. Warum hast du den Helm abgenommen? Bei der Hitze, einfach unerträglich. Er sog die Atmosphäre dieses eigentümlichen Ortes in sich ein. Trotz der Zeichen der nahen Siedlung wirkt dieser Ort wie ein von jeder Menschenseele verlassener Urwald. Mittlerweile war es tatsächlich ein Urwald. Der Teil des Moores wurde seit Jahrzehnten sich selbst überlassen. Der Weg, der hier einstmals entlanglief, war allenfalls von Einheimischen noch zu erahnen. Und diesen Weg versuchten sie gerade zu rekonstruieren. Einatmen...ausatmen...Knacksende Zweige, dürres Geäst im Unterholz. Links das Brackwasser. Sumpf. War tatsächlich früher einmal der Neckar. Bevor für ihn ein anderes Bett geschaffen worden war. Seltsamer Ausdruck. Um sieben Dieter. Noch genügend Zeit, sich umzuziehen. Irgendetwas ließ ihn aufhorchen. Es kam ihm vor, als hätte er einen Schatten wahrgenommen, der sich mit beachtlicher Geschwindigkeit auf ihn zubewegte. Einbildung! Mouches volantes wahrscheinlich. Oder die ungewöhnliche Hitze. Er konnte den herannahenden Zug aus Darmstadt hören, der ausnahmsweise pünktlich zu sein schien. 15:40 Uhr! Wieder etwas! Da war plötzlich die Regionalbahn – nur wenige Meter von ihm entfernt, als etwas Hartes mit brachialer Gewalt gegen seinen Hinterkopf schlug. Bevor er sich noch umdrehen konnte, fiel er wie ein nasser Sack auf den schmalen Pfad.

Es lief gerade Pat Metheny. Ich goss mir eine Limo in mein Wasserglas, die aber leider einen Hauch zu warm war. Langsam ging ich dazu über, mein Abendbrot herzurichten. Nach dem unerträglich langen und unerträglich hektischen Tag im unerträglich heißen Büro war ich fix und alle. Morgen würde ich keinen Dienst haben. Darauf hatte ich mich schon die ganze Woche gefreut. Jetzt nur noch eine Stulle reinschieben und das Glas leersüffeln, dachte ich. Meine Musikanlage war das einzige, das die Aufmerksamkeit meiner Besucher erregte. Welche Besucher? Plötzlich merkte ich, dass ich schon lange niemanden mehr eingeladen hatte. Warum eigentlich? Ich vermied es, darüber nachzudenken. Ich lebte in dieser Drei-Zimmer-Bude in Bessungen nun schon seit einer gefühlten Ewigkeit. Vorsichtig schnitt ich mir eine Scheibe Brot mit meinem japanischen Messer ab. Da ich gerne kochte, hatte ich alle möglichen bemerkenswerten Utensilien in meiner Küche. Das Messer hatte mir meine Tochter zum 45. geschenkt. Jetzt kam aber das Beste: eine Scheibe Schwartenmagen vom besten Metzger in der Innenstadt. Die Adresse in Darmstadt, wenn es um Hausgemachtes ging. Ich setzte mich voller Vorfreude an meinen erhöhten Bistrotisch in der Küche. Ein Gürkchen aus meinem Garten passte so richtig zum ersehnten kulinarischen

Highlight des Tages. Ich war gerade dabei, mir die Stulle mit Butter und Wurst Richtung Mundöffnung zu schieben, als plötzlich mein Handy klingelte. Schneider am Apparat. Ich bims (sic!). Logisch, wer sonst, dachte ich mir. Kann ich kurz mit dir reden? Klar, leg los! Seltsame Sache. Gestern Nachmittag wurde ein Notruf abgesetzt. Ein Mann liegt im Moor und ist bewegungslos. Sofort fuhr ein Rettungsteam zu der Stelle und konnte nur noch den Tod des Mannes feststellen. Alles sieht nach einem Unfall aus. Wo genau? Etwa 500 Meter vom Naturfreundehaus entfernt, in östlicher Richtung. Ganz in der Nähe der Bahntrasse. Mittlerweile ein Urwald. Dort war mal ein Weg, aber den gibt es eigentlich schon lange nicht mehr. Der Mann hatte semiprofessionelle Radkleidung an und war mit seinem Mountainbike unterwegs gewesen. Ausweispapiere und Kreditkarten waren in der Rückentasche des Fahrradhemdes. Alles deutet auf einen Unfall hin. Es sieht so aus, als sei er in dem tiefen Sand ins Rutschen gekommen, und mit dem Kopf auf einen Stein geknallt. Die Verletzungen waren wohl so stark, dass er noch an der Unfallstelle verstarb. Alter? 48. Wohnort? Darmstadt. Und was haben wir damit zu tun? Jetzt bass uff! Gerade eben ist ein anonymer Anruf bei uns eingegangen. Jemand hat gesagt, es sei kein Unfall gewesen. Und du meinst, ich soll der Sache mal nachgehen? Jepp! Genau das meine ich. Ich denke, es reicht, wenn du dir das am Montag mal genau anschaust. In der Zwischenzeit kümmern wir uns um die Kontaktdaten des Anrufers. Denke, das wird schwierig, denn es war ja anonym. Habe verstanden. Dann bis Montag! Ja, bis Montag. Trotz allem versuchte ich erst einmal in Ruhe mein Abendbrot zu mir zu nehmen. Das war mein gutes Recht. Aber ich fürchtete bereits, dass das heute mit der Work-Life-Sleep-Balance nichts werden würde. Diese war mir enorm wichtig. Nach meinem Snack wollte ich noch einmal in meinen Garten fahren. Da er in Eberstadt lag, konnte ich mein Rad nehmen. Das würde mir vielleicht helfen, zur Ruhe zu kommen. Ich hatte mehrere Möglichkeiten, dorthin zu gelangen: über die Heidelberger. Durch den Wald. Und Richtung Nieder-Ramstädter und dann den 8er-Radweg. Oder durch den Wald jenseits der Heidelberger. Ich entschied mich für die kürzeste Variante. Ich ließ

mich einfach nur die Heidelberger run-
terrollen. Und zwar auf der linken Seite.
Man musste nur aufpassen, dass man
von den Autos, die meist viel zu schnell
aus den Anwesen oder den Seitenstra-
ßen geschossen kamen, nicht plattge-
walzt wurde. Ich genoss die immer noch
sehr warme Abendluft. In letzter Zeit
war es ganz oft unerträglich heiß gewesen. Wie auch in dem Jahr davor. Und in
dem Jahr davor. Mein Garten lag am
Rande eines Naturschutzgebietes. Und
das bedeutete: Sand. Viel Sand. Und das
bedeutete wiederum: jeden Tag wäs-
sern. Und da ich keine Lust hatte, die
Pumpe anzuwerfen, bemühte ich die
gute alte Handschwengelpumpe. Jetzt
im Juni gab es natürlich Erdbeeren. Und
Erbsen. Dieses Jahr ausnahmsweise sogar en masse. Und zwar beides. Nicht irgendwelche Erdbeeren, sondern Mieze

Schindler. Und auch nicht irgendwelche Erbsen, sondern Zuckerschoten. Und auch nicht irgendwelche Zuckerschoten, sondern Ambrosia. Diese Dinger werden fast zwei Meter hoch. Unfassbar! Davon konnte ich nie genug bekommen. In den Ferien flogen meine Kollegen in der Weltgeschichte umher. Ich hielt davon nichts. Ökologischer Fußabdruck und so. Ich verbrachte die ganze Ferienzeit lieber in meinem Garten. Mehr oder weniger. Und Kräuter durften natürlich auch nicht fehlen. Damit bereitete ich mir meine Mahlzeiten zu. Immer nach der Devise: gute Qualität aus der Region und ohne Pestizide. Die versuchte ich zu meiden wie der Teufel das Weihwasser. Die Hochbeete hatten sich auf jeden Fall bezahlt gemacht. Viel mehr Ertrag und viel angenehmeres Arbeiten. Man musste sich nicht mehr bücken. Meine Vision: nur noch Hochbeete. Unkraut ist dann auch kein Thema mehr. Es hatte sich mittlerweile auch als richtig erwiesen, Topinambur anzubauen. Erstens würde ich keine Kartoffeln mehr benötigen, die sowieso meist aus Ägypten angekarrt wurden, und zweitens benötigen die Knollen so gut wie keine Pflege, und drittens bekommen sie keine Braunfäule und können dadurch auch nicht die Tomaten anstecken, und viertens sind sie obendrein noch gesünder als Kartoffeln. Und fünftens vermehren sie sich wie Unkraut, obwohl es das im eigentlichen Sinne gar nicht gibt. Unkraut. Ich habe mir mal sagen lassen, dass die Topinambur im 17. Jahrhundert Kartüffel hieß. Vielleicht Fake-News. Wer weiß! Deshalb werde ich das erst noch einmal recherchieren. Nachdem ich die Ernte eingefahren hatte, wechselte ich zum gemütlichen Teil über. Ich nahm mir eine Pulle alkoholfreies Bier aus dem Schuppen und kühlte es mit frischem Brunnenwasser. In der Gießkanne. Nach zehn Minuten war das Bier angenehm kühl und dann pflanzte ich mich auf meinen Lieblingsstuhl, den ich vom Sperrmüll ergattert hatte. Ich setzte mich dann meist auf die höchste Stelle im Garten, denn er war leicht abschüssig, und sog den Duft des Lavendels in tiefen Zügen ein. Klingt kitschig, aber so war es eben. Denn Lavendel hatte ich an jeder Ecke platziert. Warum das denn? Nun, er benötigte so gut wie keine Pflege und musste auch nie gewässert werden. Von Dünger wollte er auch nichts wissen. Einfach genial. Dann musste ich an den nächsten

Montag denken. So, in diesem Zustand, konnte ich die klarsten Gedanken fassen. Wie würde ich dann vorgehen? Zuerst ins Büro, zum Morgen-Briefing. Dann sehr wahrscheinlich den Unfallort aufsuchen, falls es denn überhaupt ein Unfall war, und nach Spuren suchen. Sollte es Hinweise auf ein Gewaltverbrechen geben, mit der Recherche beginnen. Persönliches Umfeld. Zeugen. Familie. Freunde. Verein. Arbeitsplatz. Das müsste ja nach Adam Riese eine Schule sein. Wenn er nicht sonst wo in der Verwaltung gearbeitet hatte. Man wusste ja nie. Schon lange keine Schule mehr von innen gesehen. Zum Glück? Das werde ich sehen. Ich packte meine Leguminosen und die Mieze in meinen Rucksack und machte mich auf den Nachhauseweg. Die Mieze braucht besondere Aufmerksamkeit. Sie ist nicht so widerstandsfähig wie andere Erdbeersorten. Am besten, man isst sie direkt nach der Ernte. Ich hatte eine kleine Dose dabei, und somit konnte ich sie relativ sicher transportieren. Bloß kein Matsch daraus machen, dachte ich mir noch. Dieses Mal nahm ich den Radweg Nummer acht, der mich bis zur Nieder-Ramstädter brachte, und ich ließ mich dann Richtung Bessungen rollen. Der Autoverkehr an dieser Ecke kam wohl nie zum Stillstand. Unglaublich, dachte ich, was hier los ist. Kein Wunder, dass sämtliche Bäume aussehen, als seien sie nicht mehr ganz intakt. Aber macht man die Zeitung auf oder schaltet man den Fernseher ein, heißt es immer der Borkenkäfer. Er war's! Der Borkenkäfer hat den Wald kaputtgemacht. Nicht die Autos. Und schon gar nicht die Stickoxide und alle anderen Auspuffgase. Und auch nicht die riesigen Harvester, die regelmäßig Teile des Waldes modellieren. So könnte man es liebevoll ausdrücken. Modellieren. Genial. Seltsamer Begriff übrigens: Auspuff. Man kann auch Abgasanlage sagen, glaube ich. Klingt nicht so vulgär. Kotflügel heißt das andere Ding auch nicht mehr. Radabdeckung. Ich glaube mich an Radabdeckung erinnern zu können. Das sagte zumindest der Gutachter, als er meinen Wagen begutachtet hatte. Offensichtlich lösen diese Begrifflichkeiten ungewollte Assoziationen aus. Ich weiß es aber nicht. Zumindest nicht wirklich. Als ich an der Klappbacher ankam, bog ich nach links ab. Und schon war ich an meinem Habitat angekommen. Das Rad stellte ich in der Garage ab, Ich versorgte noch meine Ernte im Kühlschrank und haute mich vor die Glotze.

Ich zappte durch alle Programme und blieb bei Alpha hängen, wie so oft. Diesmal lief eine Dokumentation über die gefährlichsten Schulwege der Welt. Unfassbar, was ich da zu sehen bekam! Heute ging es um ein Mädchen aus Papua-Neuguinea. Sieben Tage benötigt sie, um durch den Urwald zu ihrer Schule zu gelangen. Eine lebensgefährliche Reise. Ärztin will sie werden. Einfach nur beeindruckend. Bei mir in der Nähe gibt es eine Schule. Da werden die Kids von ihren Eltern im SUV bis ins Klassenzimmer gekarrt. In echt. Elterntaxi sagt man, glaube ich. Schon ein kleiner Unterschied, dachte ich mir. Am nächsten Montag stand ich zeitig auf, denn es würde wieder unerträglich heiß werden. Ich ließ mich auf meinem Rad zum Präsidium rollen. Luftlinie 700 Meter. In unserer Abteilung war ich wie so oft der Erste. Zunächst setzte ich einen Filterkaffee auf und griff nach einer Tasse im Schrank. Aber der Griff ging daneben, denn der Schrank war leer. Ich überprüfte, eigentlich wie jeden Morgen, die Spülmaschine und siehe da, wer musste sie ausräumen? Das war doch wieder einmal klar. Die nächsten fünf Minuten wusste ich, was ich zu tun hatte. Schwamm drüber. Mittlerweile war der Kaffee durchgelaufen und ich nahm mir einen Becher davon und setzte mich an meinen Schreibtisch. Bald darauf kamen auch schon Schneider und Kemmerer. Kemmerer war unser Chef. Meist kündigte eine Energiewelle sein Kommen an, noch ehe er das Gebäude betrat. Er war hektisch. Und seit er aussah wie ein gerupftes Hühnchen, hat sich diese Eigenschaft sogar noch verstärkt. Neuerdings läuft er Marathon. Und Low-Carb. Gefühlte hundertmal hat er das gesagt. Keine Kohlenhydrate. Und deshalb ging er morgens nicht wie alle anderen die Treppe zu unserem Büro hoch. Sondern er nahm fünf Stufen auf einmal. Hep, hep, hep. Und zack. Dann stand er plötzlich vor dir. Ohne dass du damit gerechnet hättest. Aber da war ja noch die Welle. Und die verhinderte einen Herzinfarkt. Nicht bei Kemmerer. Sondern bei dir. Dagegen war Schneider eine Wohltat. Sie war genauso alt wie unser Chef, aber völlig tiefenentspannt. Das neutralisierte die Unruhe, die ansonsten bei uns geherrscht hätte. Moin. Morsche. Morsche. Auf geht's, sagte Kemmerer, hep, hep, hep. Und noch ehe Schneider Fake-Anstalten machen konnte, die Spülmaschine auszuräumen und sich einen Kaffee zu nehmen, versammelten wir uns in Kemmerers Zimmer. Dort gab es einen kleinen runden Tisch für die Besprechungen. Du fährst heute Morgen nach Biggebeach und schaust dir die Unfallstelle noch einmal genau an. Und du schreibst ein Protokoll über die Vorfälle gestern am Iui. Wird gemacht, sagte meine Kollegin etwas zögerlich, fast schon als Frage, zumindest vom Ton her. Aber welche genau meinst du? Da gab es meines Wissens drei am gestrigen Tag. Ich meine die Schlägerei am späten Abend. Da müssen noch die Daten der Täter*innen in das System eingepflegt werden. Und die Sache mit dem Unfall ist reine Routine. Ich gehe davon aus, dass der Anrufer ein Trittbrettfahrer ist. Es gibt überhaupt keine Hinweise auf ein Gewaltverbrechen. Und auch sonst hört man nur Gutes über diesen Mann. Hatte offensichtlich keine Feinde. Und seine Habseligkeiten hatte er auch noch vollständig bei sich. Also auch kein Raub. Hier sind die Koordinaten. 494620,1N/83628,6O/101m. Musst einfach ins Handy eingeben. Jep, wird gemacht. Wir sehen uns um drei noch mal zum Nachmittags-Briefing, um es auf Deutsch zu sagen. Wie heißt, sorry, wie hieß der Mann? Müller, Detlef Müller. 46. Wohnhaft in Darmstadt, im Watzeverddel. Verheiratet. Eine Tochter, hat gerade Abi gemacht. Danke, sagte ich. Denn man tau. Tschüssikowski. Bis dannimansky. Eines hatten wir drei gemeinsam. Wir lasen gerne die Bücher unseres Lieblingsschriftstellers, der auch aus Darmstadt kam. Und wir verwendeten die seltsamsten Begriffe, die in seinen Romanen vorkamen. Just for fun. Das lockerte die Sache etwas auf. Um den Teamspirit zu fördern, lädt uns unser Chef ab und an zu irgendwelchen Veranstaltungen ein. Und so kam es, dass wir während eines Live-Events den Autor kennen und schätzen gelernt haben. Zufall. Wie dem auch sei. Ich schnappte mir einen Dienstwagen und fuhr zunächst über die Heidelberger Richtung Süden. Wie erwartet, war es mittlerweile schon unerträglich heiß. Fast wie in der Sahara. Irgendwie kam ich mit diesem Klima nicht zurecht. Früher waren 30 Grad für mich kein Problem. Bei 35 Grad habe ich mich in der Sauna abgekühlt. Aber 41 Grad, das ist too much. Und dann noch die Baustellen auf der Heidelberger und die Verkehrsführung. Mittlerweile einspurig. Mit dem Rad bin ich tatsächlich schneller unterwegs. Da wäre ich in zehn Minuten an der Bergstraße. Ewwerscht tat ich mir aber jetzt nicht an. Da wäre ich, glaube ich, durchgedreht. Ich nahm die Reuterallee und fuhr Richtung Pungscht. Und in der Stadtmitte bog ich nach Bickenbach ab. Von da aus ein Katzensprung. Es ist immer wieder schön - trotz allem - Richtung Süden zu fahren, denn dann hatte man einen prima Ausblick auf die Berge und vor allem auch auf den Melibokus. Meistens zumindest. Wetterabhängig. Ich bog vor der Abzweigung nach Bickenbach und der Autobahnauffahrt rechts ab Richtung Naturfreundehaus. Und schon war ich im Moor. Früher hat man sich viele Geschichten über Moorleichen erzählt. Auch bei uns zu Hause. Angeblich hätten Ermordete hier ihre letzte Ruhestätte gefunden, völlig unfreiwillig, wie man sich leicht denken kann. Für uns Kinder waren diese Geschichten kaum auszuhalten. Jeder schien jemanden zu kennen, der hier jemanden entsorgt hatte. Auch heute noch habe ich großen Respekt vor diesem Moor. Als ich dann älter war, lernte ich, was es mit dem Moor tatsächlich auf sich hatte. Ursprünglich verlief hier ganz in der Nähe der Neckar mitsamt seinen Altneckarschlingen. Als dieser dann vor etwa 10000 Jahren ein neues Bett bekam, und zwar bei Heidelberg, entstand unter anderem hier, in der Nähe des alten Flusslaufes, das Moor. Und als Begleiterscheinung Erlenbruchwälder. Ich habe mir sagen lassen, dass man das ursprüngliche Flussbett noch heute vom Flugzeug aus erkennen kann. Bis vor 2000 Jahren mündete der Neckar bei Trebur in den Rhein. Heute liegt die

Mündung bei Mannheim. Im Laufe der Jahrhunderte wurde begonnen, hier auch Torf zu stechen. Und Schilf zu schneiden, um Dächer zu decken. Seit über 50 Jahren ist es aber ein Naturschutzgebiet. Probleme gab es aber schon bald, weil der Grundwasserspiegel rapide gesunken war. Das Moor drohte zu vertrocknen. Schließlich kam man auf die Idee, das Moor mit Rheinwasser zu versorgen. Und die Erfolge kann man allenthalben bestaunen. Wie hier den Dschungel. Das alles kann man sich heute nur schlecht vorstellen. Aber so hat es sich verhalten. Nach etwa 400 Metern stellte ich die Kiste ab und ging ein Stück Richtung Osten. Als ich noch ein Kind war, so mit sieben oder acht, bin ich nach der Schule oft mit meinen Freunden hier gewesen. Gemeinsam fuhren wir damals im Sommer mit unseren Rädern zum See. Zum Erlensee. Ohne Eltern. Das muss man sich heute einmal vorstellen! Ganz alleine, ohne eine Aufsicht. Der See ist Menschenwerk. Eigentlich ein Baggerloch. Mehr nicht. Mitte der 60er brauchte man Kies für den Bau der A5. Und so entstand der Erlensee. Heute unter anderem ein Treffpunkt für Nudisten. Früher auch auf der Insel, heute jedoch verboten. Die Insel ist Vogelschutzgebiet. Und das ist auch gut so. Und nachdem wir gebadet hatten, ging es weiter zum Weilerhügel. Ursprünglich eine Hochmotte. Lustiger Begriff. Auf Aufnahmen von oben ist sogar noch deren Struktur erkennbar. Unfassbar. Dort hatten wir Baumhäuser gebaut. Keine echten, aber doch hatten wir Bretter in den Bäumen befestigt, sodass man, wenn man auf ihnen saß, bis in das nächste Dorf sehen konnte. Und Süßkirschen. Es gab einen riesigen Kirschbaum. Neben dem Kirschbaum gab es eine winzige Außengastronomie, ich glaube, so würde man heute sagen. Eine Klause. Damals gab es das Wort noch nicht, zumindest für uns. Und da früher sowieso alles besser war, gab es in den dunkelroten Kirschen auch keine Würmer, so wie heutzutage! Zumindest gingen wir davon aus. Oder für uns gab es diese Viecher überhaupt nicht. Wahrscheinlich. Heute ist auch der Weilerhügel nicht mehr zugänglich, und von der Klause fehlt jede Spur. Wie von Geisterhand. Der Ort ist mittlerweile richtig spooky. Und manches Mal, wenn wir in blindem Eifer die Kirschen in uns hineinstopften, kam wie aus dem Nichts ein Mann. Er war natürlich mit seinem

Auto zum Weiler gefahren, ganz normal ausgestiegen und zu uns gelaufen. Nur hatten wir es nicht bemerkt. Heute würde jeder zuerst denken, ein Mörder, oder ein Kinderschänder. Das dachten wir damals nicht. Wir wussten nur, oder besser: Wir ahnten, dass er etwas mit den Kirschen zu tun hatte. Wir nahmen unsere Beine in die Hand und traten den Rückzug an. Aber im gleichen Moment rief der Mann: Kommt doch mal her! Wir konnten uns dem nicht entziehen. Denn wir hatten ein schlechtes Gewissen. Wir rechneten zunächst mit einer Standpauke. Aber es kam anders. Es ist zwar nur ein marginales Ereignis. Aber ich erinnere mich noch immer ganz oft daran. Und zwar gerne. Der große Mann mit den schwarzen Haaren kam zielstrebig auf uns zu und fragte tatsächlich, ob wir eine Cola, eine Fanta, eine Lift, damals reine Zitronenlimo, oder eine Bluna trinken wollten. Wir glaubten nicht richtig zu hören. Er drehte sich um 180 Grad um die eigene Längsachse, ging zur Hütte der Außengastronomie, schloss die Tür auf, ging hinein und kam nach 20 Sekunden mit den Getränken heraus. Ich weiß noch ganz genau, dass ich nach der Cola griff. Schon damals hatte mich der Schriftzug fasziniert. Und das Gesöff hatte die richtige Temperatur, es war eiskalt. Auch das weiß ich noch ganz genau. Ich weiß aber nicht genau, warum mir dieses Ereignis immer noch genauso präsent ist wie damals. Vielleicht hängt es damit zusammen, dass sich ein erwachsener Mensch anders verhielt, und zwar komplett anders, als man es als Kind von ihm erwartet hätte. Und wenn ich zurückblicke, war es für mich das einzige derartige Erlebnis. So viel zum Thema früher war alles besser. Was wollte ich nochmal hier? Ach ja. Richtig! Zurück zur Arbeit. Das hier war also noch vor wenigen Jahren ein ganz normaler Weg gewesen. Nach weiteren ungefähr 500 Metern erreichte ich den Abzweig Richtung Erlensee. Puh, dachte ich. Mann oh Mann. Das hat sich ganz schön verändert! Und zwar komplett. Viele Bäume, Birken, und auch Erlen, lagen kreuz und quer. Man musste entweder drüberklettern oder aber unten hindurchkriechen. Abhängig von der persönlichen Fitness. Umgehen konnte man die Hindernisse offensichtlich nicht. Als letzte Option konnte man jedoch den Rückzug antreten. Es war also nicht alternativlos, wie man heute so sagt. Das Gestrüpp, vor allem aus Brombeerhecken bestehend, war mittlerweile zu hoch und vor allem auch zu dicht. Auf der rechten Seite Sumpf. Konnte man ganz vergessen. Die Fliegen machten die Sache nicht einfacher. Mist, dachte ich, ich hatte leider mein Insektenspray nicht dabei. Nicht vergessen. Denn ich hatte ja nicht vorgehabt, es mitzunehmen. Kleiner sprachlicher Unterschied. Obwohl ich ansonsten alles Mögliche an Brauchbarem in meinem Rucksack mit mir rumschleppe. Mein Handy signalisierte mir, dass ich die Koordinaten erreicht hatte. Danke GPS. Ich war überhaupt nicht verwundert festzustellen, dass nichts mehr zu sehen war. Derjenige, der Detlef Müller gefunden oder aber versorgt hatte, hatte ganze Arbeit geleistet: alle möglichen Spuren verwischt. Selbst die Spuren des Mountainbikes waren mittlerweile komplett verwischt. Ich bildete ein virtuelles Quadrat und ging die Fläche systematisch ab, nicht ohne meinen Kopf vom Boden abzuwenden. Links, rechts, links, rechts. Wie ein Roboter-Staubsauger. Oder Staubsauger-Roboter. Nach einer halben Stunde fielen mir zwei Sachen auf: Erstens konnte ich nirgendwo einen Stein finden. Und zweitens habe ich eine Bananenschale gefunden. Letzteres musste nichts bedeuten. Ich war auf sie getroffen, als ich parallel zum Bahndamm das Unterholz abgesucht hatte. Das fand ich seltsam, denn zunächst einmal gibt es hier keine Bananenstauden. Noch nicht, muss man dazu sagen. Was nicht ist, kann noch werden. Wenn sich die Erde weiterhin so rasant erwärmt, werden wir hier in 50 Jahren Cavendish anbauen können, da bin ich mir sicher. Zum anderen verirrt sich hierhin in der Regel kein Mensch.

Aus diesem Grund allein kam meinem Fund ein Hauch von Bedeutung zu. Im Sinne Lotmans: Alles ist ein Zeichen. In meinem Garten kommen die Bananenschalen auf den Kompost. In der Regel dauert es eine längere Zeit, bis die Bananenschale vollkommen kompostiert ist. Diese hier dürfte nach Adam Riese zwei Tage alt sein. In Wahrheit natürlich älter, die Banane hat ja Zeit zum Wachsen gebraucht, und sie musste schließlich exportiert werden. Dann importiert. Und schließlich musste sie in einem Geschäft feilgeboten worden sein. Nein. Gemeint ist die Zeit seit dem Verzehr. Sie hatte noch gelbe Stellen. Und sie war keine Biobanane. Zwar eine Cavendish, aber der Sticker der Marke hing noch daran: Chiquita. Hat erstmal nichts zu bedeuten, dachte ich mir. Ich holte einen Gefrierbeutel aus meinem Rucksack und stopfte die Bananenschale hinein. Das Päckchen werde ich an die Forensik übergeben. Vielleicht ließe sich ja daran irgendwelches Material feststellen. Aber die Sache mit dem Stein gab mir Rätsel auf. Ich nahm das Handy und versuchte Kemmerer zu erreichen. Ich wollte seine Meinung hören. Doktor Martin Kemmerer am Fon, sagte mein unmittelbarer Vorgesetzter. Gude Doc Martens, hier ist auch der Martin. Du, hör mal. Ich habe hier nichts Interessantes finden können. Aber mir ist aufgefallen, dass es weit und breit keinen Stein gibt. Zumindest keinen großen. Und ich habe eine Bananenschale gefunden, Cavendish. Meinst du, Detlef Müller wurde mit einer Banane erschlagen? Oder er ist auf der Schale ausgerutscht? Nein, das meine ich nicht. A: Dafür lag sie zu weit weg von der Fundstelle. B: In

Anbetracht der Tatsache, dass sich unter normalen Umständen kein Mensch hierher verirrt, ist es schon seltsam, dass man hier eine Bananenschale findet. Zumal sie noch frisch aussieht. Ich schlage vor, wir geben sie in die Forensik. Und die Spurensicherung würde ich auch gerne hierher beordern. Das Ganze kommt mir etwas fishy vor. Du weißt Intuition und so. Okay Fischer. Ich leite alles Notwendige in die Wege. Ich denke auch über die Gerichtsmedizin nach. Du kannst dich in der Zwischenzeit mal bei seiner Frau blicken lassen. Und den Mann besuchen, der Müller am Freitagabend gefunden hat. Vielleicht kann er sich im Nachhinein noch an etwas, sagen wir Auffälliges, erinnern. Kemmerer gab mir die Adressen durchs Handy und dann legte er auf. Was immer das im Zusammenhang mit einem Smartphone auch bedeuten mag. Als ich wieder in Richtung meiner Kiste gehen wollte, hörte ich einen herannahenden Zug. Ich schaute auf meine Uhr und kam zu dem Schluss, dass es die Regionalbahn nach Wiesloch sein musste. Darmstadt-Wiesloch. Fährt stündlich. Zumindest laut Fahrplan. Das ist schon der erste Joke. Oft kommt es zu Verspätungen oder Totalausfällen. Wenn ich manchmal in der Früh mit der Bahn nach Heidelberg fahren will, dann kann es schon mal vorkommen, dass der Zug ausfällt. Oft hat er eine Verspätung. Und manches Mal ist er total überfüllt. Und dann muss man sich überlegen, wie man auf andere Weise nach Heidelberg kommt, vor allem, wenn man einen wichtigen Termin hat. Und meine Termine waren wichtig. Ich musste nämlich um neun Uhr zur Sauerstofftherapie. Warum das denn? Naja, sie hilft bei Tinnitus. Bei mir zumindest. Ich nahm mir vor, zunächst nach Bickenbach zu fahren, um einem Herrn Wörner einige Fragen zu stellen. Er hatte nämlich den Toten am späten Freitagnachmittag gefunden. Vielleicht habe ich Glück und treffe ihn an. Ist immerhin noch Morgen. Kemmerer hatte was von Bebel-Straße genuschelt; eigentlich heißt sie August-Bebel-Straße. Benannt nach einem Begründer der deutschen Sozialdemokratie. Aber jeder lässt den August weg. Ich ging gemächlich zurück zu meiner Kiste, während es an verschiedenen Stellen anfing zu jucken. Mistviecher, dachte ich. Ich stieg in den Wagen, der sich mittlerweile extrem aufgeheizt hatte. Ich stieg sofort wieder rückwärts aus und öffnete zunächst alle Türen und den Kofferraum, so dass die Hitze schnellstmöglich entweichen konnte. Nach 30 Sekunden etwa war der Spuk vorbei und ich schaltete die Klimaanlage an. Früher war ich zufrieden, wenn ich das Fenster herunterkurbeln konnte. Vor allem bei meinem ersten Käfer. An Klimaanlage war da nicht zu denken. Beim zweiten Käfer lief das genauso. Und beim dritten auch. Aber heute haben wir extremere Temperaturen. Da mag ich auf die Kühlung nicht verzichten. Käfer hin oder her. Da die Bebelstraße in der Regel stark befahren war, parkte ich in der Bahnhofstraße und lief zu dem Haus von Herrn Wörner. Ich blieb kurz vor dem Gebäude stehen und betrachtete es mir bewusst. In meiner Kindheit bin ich hier hunderte Male mit meinem Rad vorbeigefahren, habe mir aber nie die Häuser genauer angeschaut, obwohl eigentlich jedes Haus seine eigene Geschichte hat, dachte ich mir. Mein Ziel war immer nur eines. Denn da wohnte mein bester Freund Jürgen. Als ich nach der Schule mit dem Mittagessen fertig war, machte ich schnell meine Hausaufgaben und fuhr zu Jürgen. Meist war er noch am Arbeiten. Seine Mutter bestand nämlich darauf, dass er seine Aufgaben sorgfältig machte. Das war bei mir anders. Für meine Mutter war es das Wichtigste, die Wohnung so gut es ging antiseptisch zu halten. Als ich bei meinem Freund ankam, begrüßte ich seine Mama, denn er war zu dieser Zeit noch in Klausur, und ich ging schnurstracks in den Garten. Es war für mich wie in einer anderen Welt. Es gab ein kleines Gartenhäuschen, speziell für Kinder eingerichtet. Es gab einen Pool. Es gab eine Tischtennisplatte und es gab einen Kicker. In seinem Zimmer hatte Jürgen aber die größte Märklin-Eisenbahn, die ich in meinem Leben bis heute gesehen habe. Und da saßen wir dann, vor allem im Winter, stundenlang davor und spielten und spielten und spielten. Bei uns zuhause war alles anders. Auf jeden Fall kein Ort für Kinder. Nur so viel: Ich hatte während der Zeit, in der ich zuhause wohnte, nie ein eigenes Bett gehabt. Worauf hat er denn geschlafen, könnte man fragen. Es war eine Couch vom Sperrmüll, gänzlich ungeeignet für den eigentlichen Zweck. Schon seit langem frage ich mich, ob das etwas damit zu tun hat, dass ich seit Jahren starke Rückenschmerzen habe. Manch einer würde sagen, mein Gott, du hast aber

Probleme! Guck dir die Kinder in Afrika an, die schlafen auf dem Boden. Stimmt. In Anbetracht des riesigen Universums, bei dem man mittlerweile davon ausgeht, dass es endlich ist, lässt sich alles und jedes relativieren. Nun stand ich vor dem Haus in der Bebelstraße, das ganz in der Nähe von Jürgens Haus stand. In der Regel wurden diese Häuser hier kurz nach dem Krieg gebaut. Soviel ich weiß, wurden die Steine sogar in Handarbeit selbst hergestellt. Schlichte Bauweise, sofern ich das beurteilen konnte. Die Fassade war erst vor kurzem neu angelegt worden. Das Dach war neu gedeckt. Das Hoftor war offensichtlich ausgetauscht worden. Auch die Fenster waren neu. Ich ging davon aus, dass Herr Wörner das Haus gekauft und es komplett saniert hat. Der

Name war mir bis jetzt unbekannt gewesen. Ich drückte die Klingel. Zunächst wurde ich von einem Hund begrüßt. Labrador, wie ich vermutete. Da hatte ich nichts zu befürchten, dachte ich mir. Nach einer halben Minute konnte ich hören, wie jemand die Haustüre aufmachte und Scruffy zu sich rief. Dann ging das Hoftor auf. Mir gegenüber ein Mann Mitte dreißig. Groß, dunkelblond, Brille, Dreitagebart, Bauchansatz. Leger gekleidet. T- Shirt, Jogginghose. Sandalen, keine Strümpfe. Ich tippte auf Homeoffice. Guten Morgen, Kriminalhauptkommissar Fischer, Polizei Darmstadt. Ich habe ein paar Fragen an Sie. Hätten Sie ein paar Minütchen Zeit für mich? Kein Unfall? Wir wissen es noch nicht. Er bat mich hinein, und in Anbetracht der Jahreszeit führte er mich in den Garten. Ich war überrascht, wie großzügig das Grundstück geschnitten war. Hinten, im Garten, hörte man fast nichts von der Straße. Immerhin ein Autobahnzubringer. Kleiner Schuppen. Man konnte die Rasenfläche erahnen, aber alles war von der Sonne total verbrannt. Mir fielen die vielen Nadelbäume auf, die in einem Rechteck um den Rasen irgendwann einmal eingepflanzt worden waren. Ich konnte mir vorstellen, dass die Nachbarn etwas dagegen hatten, denn die Fichten und Tannen waren mittlerweile riesengroß. Man konnte sehen, dass bei einigen die Spitzen gekappt worden waren. Ich fragte mich, wie man an die Dinger rankam. Eigentlich benötigte man dafür einen Hubwagen von der Feuerwehr. Auf jeden Fall gewöhnungsbedürftig, dachte ich. Wir pflanzten uns auf die Sitzgruppe, die im Schatten neben einer riesigen Zypresse stand. Ja, das hat mich fertig gemacht, sagte er zunächst. Wissen Sie, ich sehe zwar ziemlich massiv aus, aber was das angeht, bin ich eine Mimose. Ich bat ihn der Reihe nach zu berichten, was er am Freitag erlebt hatte und wieso er überhaupt zu dieser Zeit an diesem seltsamen Ort gewesen war. Auf das, was ich erfahren würde, war ich gespannt. Ich erhoffte mir natürlich wichtige Informationen, die Licht ins Dunkel bringen würden. Aber das versteht sich von selbst, sonst wäre ich ja nicht hier. Ich bin am Freitag nach meiner Arbeit mit meinem Rad Richtung Erlensee gefahren. Sie müssen wissen, dass ich seit der Pandemie regelmäßig im Homeoffice arbeite. Ich bin bei einem Telefonriesen angestellt und muss nur noch sehr selten in die Zentrale. Vieles geht mittlerweile von zu Hause aus. Nein, nicht Magenta, nein, und auch nicht Darmstadt. Fängt mit H an und London. Wissen Sie noch die Uhrzeit? Ja, es müsste nach 17 Uhr gewesen sein. Ich habe ein MTB Fully und deshalb kann ich mit dem Rad rumgurken wo ich will. Jeder Stoß wird abgefedert. Ich weiß, ich habe auch eines. Genial. Stimmt. Nun gut, ich bin am Bahnhof durch die Unterführung gefahren und dann rechts, etwa ein Kilometer, dort gibt es eine kleine Unterführung unter der Autobahn hindurch. Und dann bin ich an der Ostseite des Sees rausgekommen. Ziemlich viel los, wie man sich denken kann. Bei dem Wetter. Sie müssen wissen, dass ich ehrenamtlich für den NABU arbeite und auf Vögel spezialisiert bin. Sozusagen Hobbyornithologe. Ich führe regelmäßig Vogelwanderungen durch. Und mit einigen aus meiner NABU-Ortsgruppe habe ich einen Podcast über das Moor, die Flora und die dort lebenden Tiere auf die Beine gestellt. Ich konnte nicht umhin, die rhetorische Frage zu stellen: Sie kennen sich also gut mit Vögeln aus? Genau, sagte er. Ohne die Miene zu verziehen. Warum auch. War durchaus ehrlich gemeint die Frage. Und nicht jeder ist fit in Orthographie. An diesem Nachmittag war ich mit meiner Kamera unterwegs und wollte Bilder schießen von Vögeln, die sich erfreulicherweise neuerdings wieder hier niedergelassen haben. Das ist eine Sensation. Ich biete zudem regelmäßig Lichtbildervorträge an, bei denen man die Aufnahmen sehen kann. Seit das mit der Wasserzuleitung vom

Rhein her klappt, hat sich das Moor erholt und an einigen Stellen ist sogar so etwas wie ein Urwald entstanden. Sogenannte Schöpfwerke, übrigens ökologisch sinnvoll: windbetrieben, und ein ausgeklügeltes Drainagesystem sorgen dafür. Ja, fast schon ein Dschungel. Und da übertreibe ich noch nicht einmal. Ich musste aber zunächst an den seltsamen Vögeln vorbei, die sich am Ufer sonnten. Sie meinen die Badegäste? warf ich ein. Ja, genau. Es ist mittlerweile ein buntes Völkchen, das dort anzutreffen ist. Wie meinen Sie das? fragte ich. Nun, es ist bekannt, dass sich Menschen im Netz verabreden, um dort ihren – sagen wir es einmal unverfänglich – unterschiedlichen Neigungen nachzugehen. Ich verstehe, sagte ich. Spanner. Ja, richtig. Hier gibt es Unmengen von Spannern. Auch welche, die nachtaktiv sind.

Auch ein Hobby von mir. Wirklich? fragte ich. Ja, in der Tat, antwortete Wörner. Wissen Sie, es gibt über 23000 verschiedene Spanner-Arten. Wenige Hundert sind bei uns beheimatet. Und ich habe mir zum Ziel gesetzt, so viele von ihnen zu dokumentieren wie geht (sic!). Übrigens eine Unterart der Schmetterlinge. Oha, sagte ich, das wusste ich gar nicht. Sehen Sie. Hier kann man sogar noch was lernen. Aber das Thema spare ich jetzt aus. Es geht ja um etwas anderes. Richtig. Und wie ging es dann weiter? Ich wusste, dass ich mich nach Nordwesten bewegen musste, um die Vögel beobachten zu können. Also nahm ich den ehemaligen Verbindungsweg, der zum Naturfreu-denhaus führte, sorry, ich meinte natür-lich Naturfreundehaus. Sigmund lässt grüßen. Macht nix. Passiert mir auch immer. Und dieser Verbindungsweg verschaffte früher den Leuten aus Pfungstadt Zugang zum See. Aber seit der Renaturierung - immerhin ist das ein Naturschutzgebiet - ist der Weg kein Weg mehr. Die Bäume, vorwiegend Erlen, liegen kreuz und quer. Und viel Gestrüpp. Und Mücken. Mücken ohne Ende, kann ich Ihnen sagen. Wenn man keine Vogelzählung machte, sondern stattdessen eine Menschenzählung, dann würde man feststellen, dass sich höchstens zwei Exemplare pro Tag hierher verirren. Meist Menschen, die ein Interesse an Vögeln haben. Und das ist auch gut so. Wie meinen Sie das? wollte ich wissen. (Da war sie wieder, diese seltsame Formulierung). Moment, sagte er und fügte hinzu: Ich nahm mein Bike huckepack und bin über die Bäume geklettert, die quer lagen. Ohne Mücken-schutz nicht zu empfehlen. Ich wollte wissen: Wenn wir schon beim Thema Vögel sind, wen genau wollten Sie besu-chen? Ich hatte es am Freitag auf die Rohrdommel abgesehen. Und zwar die auf die kleine. Die Zwergdommel, eine Reiherart. Es haben sich in den letzten Jahren einige hier niedergelassen. Ich wusste, was eine kleine Rohrdommel ist. Aber ich weiß ganz bestimmt, dass es die zu meiner Zeit hier noch nicht gab. Interessant, dachte ich. Sie sind äu-ßerst empfindlich und sie nehmen eine Pfahlstellung ein, wenn Gefahr droht. Dann sind sie im Schilf oder im Röhricht nur schwer auszumachen. In ganz Deutschland gibt es nur einige Hundert. Schon der Erlensee ist als Habitat denk-bar ungeeignet, nicht zuletzt wegen der vielen Besucher und der Partypeople.

Möchten Sie etwas trinken? Danke, sagte ich, ich habe immer mein Wasser dabei. Hier im Rucksack. Ich bin so ein Dauerbefeuchter, wie man sie heutzutage allenthalben antrifft. Da haben Sie recht, sagte Wörner zustimmend. Genauso wie unsere kleine Rohrdommel. Genau wie so eine, fügte ich hinzu. Okay. Am letzten Freitag hatte ich kein Glück. War wohl zu warm. Oder zu unruhig. Ich weiß es nicht. Ich war aber nicht enttäuscht, denn ich konnte einige Aufnahmen von Spannern machen. Und das war eine tolle Entschädigung für mich. Interessant, sagte ich und fügte hinzu: Können Sie das bitte etwas ausführen? Ja, gerne. Als ich etwa einen Kilometer vom sogenannten Tafelberg entfernt war, schwirrten vor meinem Gesicht zwei Spanner umher. Auf dem Bike kann das schon etwas irritieren. Es handelte sich um zwei Schwarzspanner, auch bekannt als Kaminfegerle. Mittlerweile auch gefährdet. Ich hielt an und dokumentierte meine Beobachtungen. Wann, wo, etc. Verstehe, warf ich ein. Ich wusste, was dokumentieren bedeutete. Ich bin dann noch für etwa eine Stunde in der Umgebung herumgekrochen. Warum das denn? Nun, beim NABU gibt es den sogenannten Insektensommer. Und wenn es warm, sonnig, trocken und zudem windstill ist, hat man die besten Chancen, Insekten zu beobachten. Innerhalb einer Stunde wird dann jedes Insekt dokumentiert. Beziehungsweise Gruppen von Insekten. Zweifachzählungen sollen ja vermieden werden. Man darf aber durchaus auch mal unter einen Stein gucken. Die Ergebnisse werden dann online gestellt. Punktmeldungen heißen sie. Sehr interessant, sagte ich. Aber lassen Sie uns jetzt über den Biker reden. Entschuldigen Sie vielmals, dass ich abgeschweift bin. Keine Ursache, ich finde das sehr spannend, was ich bis jetzt von Ihnen erfahren habe. Danke. Bitte. Sie müssen wissen, dass ich eine Blindschleiche bin. Extrem kurzsichtig. Minus elf Dioptrien. Oha, warf ich ein. Für das Insekten-Gucken habe ich meine Brille abgenommen und sie in den Rucksack gesteckt. Ganz nah sehe ich am besten ohne. Ich hoffe nur, mich hat dabei keiner beobachtet. Sieht echt bescheuert aus. Und als ich nach etwa 20 Minuten an einem Baumstamm ankam, merkte ich, dass auch der Waldgärtner anwesend war. Um Himmels Willen, sagte ich, den kenne ich gar nicht. Welchen meinen Sie? Sie müssen wissen, sagte Wörner, der Waldgärtner ist ein

Borkenkäfer. Es gibt den Großen und den Kleinen. Zwei Arten von vielen. Und seine originäre Aufgabe ist es, im Wald aufzuräumen. Totes Holz zum Beispiel in Humus umzuwandeln. Ganz interessant. Weitere weit verbreitete Borkenkäfer sind der Kupferstecher und der Buchdrucker. Nein! Doch! Sie können mir glauben. Sie befallen vor allem Fichten, ja man geht sogar davon aus, dass sie mit den Fichten aus kälteren Regionen hierhergekommen sind. Mittelgebirge oder Alpen. In diesen Regionen gibt es pro Jahr eine Generation. Hier, in Südhessen, gibt es pro Jahr mittlerweile drei Generationen. Natürliche Feinde sind Vögel. Aber die können so viel gar nicht essen/fressen/picken. Und Pilze. Aber dafür müsste es im Frühjahr regnen. Aber da ist schon das erste Problem, sagte Wörner mit einem leichten Stöhn-Geräusch. Eigentlich kommen sie in jedem Fichtenbestand vor, zumindest der Buchdrucker. Sozusagen zwei Seiten einer Medaille. Er ist zuständig für die Verjüngung des Fichtenbestandes. Und was sie am allermeisten lieben, das ist unser warmes Klima. Sie gehören sozusagen zu den Gewinnern des Klimawandels. Sie verwandeln nicht nur Schadholz in Humus. Nein, sie greifen mittlerweile auch gesunde Bäume an. Der Gestreifte Nutzholzborkenkäfer ist aber beispielsweise ein Lieber. Das heißt, dass dieser in aller Regel keine Gefahr für gesunde Bäume darstellt. Man darf sie nicht alle über einen Kamm scheren. Klar, sagte ich. Das ist generell so, fügte ich hinzu. Aus sekundären Schädlingen sind mittlerweile primäre Schädlinge geworden.

Und durch die extremen Wetterbedingungen der letzten Jahre sind viele Bäume geschwächt. Wenn ein Buchdruckermännchen einen leckeren Baum gefunden hat, dann verströmt es einen Duft, der kilometerweit zu riechen ist. Jetzt werden dadurch massenweise Buchdrucker angelockt. Sie setzen sich unter der Borke, also der Rinde der Fichte, aber auch anderer Bäume, fest und beginnen mit dem Verspeisen des Holzes. In dem Zusammenhang bauen sie die Rammelkammern, in denen sie sich exponentiell fortpflanzen. Entschuldigen Sie den Begriff, sagte Wörner, aber das heißt tatsächlich so. Wat mutt dat mutt, sagte ich. Wörner generierte ein imaginäres Fragezeichen auf seiner Stirn, eher unfreiwillig. Ich reagierte geistesgegenwärtig und fügte hinzu: Es ist wie es ist. Genau, sagte er.

Um sich zu wehren, produziert der Baum Harz. Aber die Insekten sind so schlau, dass sie dieses Harz in einen noch effektiveren Duftstoff umwandeln, der noch mehr Insekten anzieht und sie völlig kirre macht. Dann ist es ganz aus. Ich denke mir manches Mal, sagte Wörner sinnierend, wenn man die Geräusche verstärken könnte, die diese kleinen Tierchen durch das Bohren und Schmatzen erzeugen, dann würde man bestimmt verrückt werden von dem ohrenbetäubenden Lärm. Meine Meinung, fügte er hinzu. Und was machen die Förster dagegen? fragte ich. Good Question, sagte Wörner. Es gibt mehrere Möglichkeiten. Meist werden die befallenen Bäume aus dem Wald entnommen. Das wird momentan gemacht, deshalb sind auch viele Wege gesperrt. Der Förster kann aber auch im Frühjahr

Köder auslegen und hoffen, dass sie von den Waldgärtnern angenommen werden. Da wird mit Pheromonen gearbeitet, das sind die Sexualduftstoffe. Die Tierchen klatschen gegen eine Platte und fallen in einen Sammelbehälter. Der muss regelmäßig geleert werden. Problem: Da werden auch viele andere unbeteiligte Käfer mit eingefangen. Das löst das Problem offensichtlich nicht so richtig. Für mich als ökologisch denkender Mensch wäre eine andere Waldwirtschaft der Schlüssel. Aber das geht ja nicht von heute auf morgen. Stimmt, sagte ich. Eine weitere Möglichkeit ist es, den befallenen Baum einfach da zu lassen, wo er ist, denn irgendwann verenden die Buchdruckerpopulationen, oder wie sie alle heißen, sowieso. Zurück zum Freitagnachmittag. Als ich die Kohorte von Käfern sah, holte ich mein

Büchlein hervor und dokumentierte meine Beobachtungen. Und als ich danach vollständig über den Baumstamm gekrochen war, und quasi auf der anderen Seite landete, bin ich auf den Verunglückten gestoßen. Soweit ich das beurteilen kann, sah es so aus, als würde er noch auf seinem Rad sitzen, allerdings auf dem Boden liegend. Sozusagen um 90 Grad um die eigene Achse gedreht. Und zwar in Längsrichtung. Sie verstehen? Ja, ich verstehe. Ich habe es ja schon erwähnt: Wegen jeder Kleinigkeit bekomme ich eine Synkope. Das war schon in der Schule so, wenn mein Biolehrer über unappetitliche Sachen gesprochen hat. Da bin ich prompt vom Stuhl gefallen und war für kurze Zeit weg. Einfach weg. Und davor hatte ich den größten Bammel, dass mir das auch hier passieren würde. Ich traute mich deshalb nicht näher an den Mann ran. Ich bin dann zurückgekrochen zu meinem Rucksack und habe mein Handy aus der Außentasche geholt. Und dann habe ich die 112 gedrückt. Die präzisen Koordinaten konnte ich durchgeben, denn dafür habe ich eine spezielle App. Die ist mir wichtig, für den Fall der Fälle. Ich verstehe, sagte ich. Bis die Rettungskräfte da waren, das dauerte noch nicht einmal zehn Minuten. Topp. Ist Ihnen sonst etwas aufgefallen? Eine weitere Person? Geräusche? Irgendwelche Gegenstände? Nein, leider nicht. Es tut mir leid, dass ich Ihnen da nicht weiterhelfen kann. Dann werde ich mich jetzt auf den Weg machen, sagte ich. Und vielen Dank, dass Sie sich die Zeit genommen haben. Das ist nicht der Rede wert. Bei diesen Temperaturen stehe ich bereits um fünf Uhr auf und um halb sechs sitze ich vor meinem Laptop. Mein Arbeitstag ist schon bald vorbei. Das ist der große Vorteil, wenn man von zu Hause arbeiten kann. Auch an Wochenenden? Auch an Wochenenden. Momentan planen wir einen großen Rollout. Falls es noch Fragen gibt, können Sie mich gerne anrufen. Das werde ich tun, sagte ich. Wörner begleitete mich noch zum Hoftor. Ich ging in die Bahnhofstraße und öffnete zunächst meine Karre, um die heiße Luft herauszulassen. Ich ließ mir noch etwas Zeit, bis ich nach Darmstadt in die Innenstadt fahren würde. Hunger. Es war Hunger, den ich verspürte. Ohne ein paar Kohlenhydrate und etwas Fett würde ich keinen klaren Gedanken fassen können. Das war pure Empirie. Zumindest meine. Aus genau diesem Grund fuhr ich zur besten Döner-Station in Pfungs-tadt. Da ich aber keinen Bock hatte Schlange zu stehen, gab ich meine Be-stellung telefonisch durch. Falls man ein Smartphone überhaupt noch als Telefon bezeichnen konnte. Mit alles und mit scharf. Bitte. Auch in Pfungstadt parkte ich in einer Seitenstraße, denn auch hier, in der Eberstädter, war das Verkehrs-aufkommen sehr hoch. Eine verkehrs-beruhigte Zone oder gar eine Fußgän-gerpassage hätten hier sicherlich für Abhilfe gesorgt. Auch konnte ich keinen einzigen Radweg entdecken. Lebensge-fährlich. Ich konzentrierte mich zu-nächst auf meinen Döner. Ich hielt ihn wie es ein Eichhörnchen tuen würde: mit beiden Händen, und biss herzhaft hinein, so dass die Knoblauchsoße links und rechts herunterlief. Natürlich sieht man dann immer aus wie ein Ferkel, aber das war mir egal. Ich dachte mir, hier fällt das sowieso nicht auf. Als ich mich dabei umsah, kam ich zu dem Schluss, dass die gemeine Jogginghose mittlerweile die gute alte Bluejeans verdrängt hatte. Gerade in Pfungstadt scheint man in Puncto Mode auf der Höhe der Zeit zu sein. Die Jogginghose als schickes Accessoire gewissermaßen. Ich fühlte mich wohl. Das ist doch schon mal was, dachte ich. Nachdem ich mir den Mund abgeputzt hatte, ging ich zurück zu meiner Karre und fuhr über die Eschollbrücker in die Innenstadt. Kemmerer hatte was von der Lautenschlägerstraße gefaselt. Noch unterwegs, machte ich mir Gedanken: wo parken? Es ist mittlerweile eine Katastrophe. In meiner Freizeit fahre ich ausschließlich mit dem Rad in die Innenstadt. Alles andere empfinde ich als nervtötend. Als ich in der Dieburger ankam, klingelte mein Apparat. Kemmerer hier, sehr wahrscheinlich hattest du recht. Der Gerichtsmedizin-Doc spricht von einem Schlag auf den Hinterkopf. Und die Tatwaffe könnte ein Stein gewesen sein. Auf jeden Fall etwas Amorphes. Aber dazu später mehr. Warst du schon bei Frau Müller? wollte Kemmerer wissen. Nein, bin gerade auf dem Weg dorthin. Das Gespräch in Bickenbach hat sich etwas in die Länge gezogen. Kemmerer war der Meinung, ich könne Müllers Frau über den aktuellen Stand unserer Ermittlungen informieren. Wenn nicht sie, wer denn dann, sollte als Erste davon erfahren, sagte er abschließend. Und dann hatte er auch schon aufgelegt. Ich parkte gegenüber vom Ballonplatz, denn dort fand ich spontan einen freien Parkplatz; den Rest würde ich zu Fuß gehen. Detlef Müller hatte im zweiten Stockwerk eines Altbaus gewohnt. Ein Altbau, wie es sie im Quartier hier oft gibt. Ich klingelte und schon recht bald öffnete mir eine Frau mittleren Alters. Sind Sie Frau Müller? Ja, und wer sind Sie? Fischer, Kriminalhauptkommissar, Kripo Darmstadt. Zunächst wollte ich Ihnen mein aufrichtiges Beileid aussprechen. Danke, sagte sie. Ich hatte den Eindruck, dass sie sehr gefasst war. Dürfte ich Ihnen ein paar Fragen stellen? Warum das denn? Es geht um Ihren Mann. Sie bedeutete mir, dass ich ihr folgen solle. Zunächst schloss sie die Eingangstür ab, und dann ging es eine gewundene Holztreppe hoch in den zweiten Stock. Die Wohnungstür stand noch offen. Frau Müller bat mich ins Wohnzimmer. Schicke Altbauwohnung, dachte ich. Sehr geschmackvoll eingerichtet. Es duftete zudem angenehm. Wenn ich mich recht besann, dann konnte ich Lavendel riechen. Wir platzierten uns an einen großen massiven Holztisch in der Mitte des Zimmers. Ich tippte auf Nussbaum. Überhaupt wenig helles Holz in der Wohnung. Das war mir sofort aufgefallen. Die Rettungskräfte riefen mich Freitagabend an und sagten, es sei ein Unfall gewesen. Stimmt das nicht? Alles deutet darauf hin, dass Ihr Mann mit einem stumpfen Gegenstand erschlagen wurde. Wir vermuten, dass es ein Wacker gewesen sein muss, sagte ich ruhig. Das kann doch nicht sein. Das ist unmöglich, sagte sie. Doch. Unsere Gerichtsmediziner gehen zumindest nicht von einem Unfall aus. Dort, wo Ihr Mann lag, gab es nur Sand. Und die Wunde musste von etwas anderem herrühren. Sie senkte den Kopf. Man konnte richtig spüren, wie sie versuchte, Zusammenhänge herzustellen. Allem Anschein nach vergebens. Ich bin sprachlos, sagte sie. Nun, gibt es jemanden, der es auf Ihren Mann abgesehen haben könnte? fragte ich vorsichtig. Nein, sagte sie, mittlerweile wieder mit gehobenem Kopf. Dazu fällt mir nichts ein. Detlef war eigentlich überall beliebt. Ich weiß, das hört sich klischeehaft an, aber er war bei seinen Kollegen, aber auch bei den Schülern sehr, sehr beliebt. Er war ausgesprochen offen und er konnte, soweit ich das beurteilen kann, gut mit Menschen, wie man so sagt. Auch im Verein war er beliebt. Es muss ja nicht jemand aus seinem Umfeld gewesen sein, warf ich ein. Seltsam ist nur, dass er noch alle seine Sachen bei sich hatte. Einen Raub können wir also ausschließen. Ist Ihnen in letzter

Zeit etwas an ihm aufgefallen? Nein. Überhaupt nicht. Oder vielleicht doch, sagte sie sehr zögerlich. Ich hatte den Eindruck, als wolle sie sich die richtigen Wörter zurechtlegen. Detlef war in den letzten Wochen beschwingter als sonst. Er war meist gut gelaunt und voller Tatendrang. Das war früher anders. Denn da hat ihm die Schule teilweise ziemlich zugesetzt. Wie meinen Sie das? fragte ich. Nun, mein Mann unterrichtet die Fächer Deutsch und Englisch. Ganz oft hatte ich den Eindruck, er würde der anfallenden Arbeitsbelastung nicht mehr Herr werden. Die Klausuren konsumierten zudem seine Wochenenden, die er eigentlich zur Regeneration gebraucht hätte. Allein im letzten Jahr hat er ganze 80 Zeitstunden in Konferenzen gesessen. Wertvolle Zeit, um der Klausurflut Herr zu werden. Er hat zum ersten Mal genau Buch geführt. Das wären in etwa zehn volle Arbeitstage, sagte ich. Also ganze zwei Wochen, ohne Pausen und ohne irgendeine Bewegung. Das ist erstaunlich. Stimmt, sagte Frau Müller. Und die Eltern. Die sind im Laufe der Jahre - sagen wir es mal diplomatisch - immer anspruchsvoller geworden. Ich habe es so erlebt, dass er sich sozusagen von Ferien zu Ferien gerettet hatte. Und diese Dynamik hat in den letzten fünf Jahren an Fahrt gewonnen. Detlef war nicht mehr der Mann, den ich vor 20 Jahren kennengelernt hatte. Damals war er fröhlich und optimistisch. Erst in letzter Zeit hatte er sich diesem Zustand wieder ein Stück weit angenähert. Ich fragte sie: Haben Sie eine Ahnung, was die Ursache für diesen Umschwung gewesen sein könnte?

Ja, das kann ich Ihnen sagen. Detlef hat zum einen Stunden reduziert. Eine Klasse weniger heißt gleichzeitig vier Stunden weniger unterrichten. Es heißt aber auch 150 Klausuren weniger zu korrigieren und viel weniger Zeit für Vorbereitung, Nachbereitung, Förderpläne und Elterngespräche. Das war praktisch ein Quantensprung. Aber was ihn am meisten gefreut hat, das war die Aussicht auf eine Beförderungsstelle. Detlef hatte zum ersten Mal den Eindruck, dass seine Arbeit wertgeschätzt wird. Er hat immer davon erzählt, dass es so gut wie nie positives Feedback gibt. Immer nur Gemotze und zum Teil auch massive Beschimpfungen. Das wurde eigentlich immer schlimmer in den letzten Jahren. Jetzt wurde er quasi vom PR nominiert und die Schulleitung hatte zumindest nichts dagegen.

Schließlich hat man für ihn extra eine Stelle geschaffen. Sie auf ihn zugeschnitten. Und das, obwohl eigentlich keine Beförderungsstelle mehr vorgesehen war. Das hängt sicherlich damit zusammen, dass er viele Sachen nebenher, also neben dem eigentlichen Kerngeschäft, für die Schule geleistet hat. Ja, das hat ihm gutgetan. Das sehe ich jetzt klarer als zuletzt, fügte sie nachdenklich hinzu, während sie mit ihrem Blick in die Ferne zu schweifen schien. Dann hielt sie für einen Moment inne. Was hat er denn neben seinem Kerngeschäft, wie Sie es genannt haben, für die Schule getan? fragte ich. Das interessierte mich wirklich, denn ich hatte keinen blassen Dunst davon, was das sein könnte. Er war im Festausschuss. Und wenn beispielsweise das große Weihnachtsessen anstand, da erledigte er die Einkäufe.

Im Großmarkt. Das muss man sich einfach einmal auf der Zunge zergehen lassen, was das für ein Act war jedes Mal. Es gibt weit über hundert Kollegen und Kolleginnen, sagte sie. Und das alles nebenher, ohne extra Vergütung. Manchmal hat er auch noch mit anderen Kollegen das Weihnachtsessen vorbereitet. Unfassbar. Tagelang haben sie sich dann bei Herbert getroffen. Wer ist Herbert? fragte ich. Der Herbert, der ist schon speziell. Der hat jahrelang auf einer Hallig gearbeitet und genau einen Schüler unterrichtet. Das muss man erst einmal hinbekommen. Naja, er ist total verschroben. Fast wie ein Waldschrat. Nun ja, der Herbert behauptet von sich, dass er ein Koch ist. Und sogar ein sehr guter. Dabei hat er überhaupt keine Ausbildung in der Richtung gemacht. Das ist natürlich totaler Schwachsinn.

Aber gut. Detlef hat meistens die Handlangerarbeiten für Herbert gemacht: Zwiebeln schälen, Karotten schälen, Kartoffeln schälen und klein schneiden – Sie wissen schon! Ja, sagte ich, ich kann es mir vorstellen. Und gesüffelt haben sie dabei. Keller, ein anderer Kollege, ein ganz lieber, das muss ich sagen, ist regelmäßig in die Palz (sic!) gefahren und hat Unmengen an Rotwein rangekarrt. Bier durfte nicht getrunken werden, das war den Herrschaften zu popelig. Auf der Weihnachtsfeier gab es kein Bier? fragte ich. Nein. Unfassbar, fügte ich hinzu. Das Süffeln gehört dazu, hat Detlef immer gesagt. Einmal hat dieser Pseudo-Koch sogar ein Reh angeschleppt. Können Sie sich das vorstellen? Ehrlich gesagt, nein, sagte ich. Wie muss ich mir das vorstellen? Nun, dieser Herbert war mit einem Jagdpächter befreundet und ist mit ihm tatsächlich kurz vor Weihnachten mitten in der Nacht auf die Jagd gegangen. Ziel war es, etwas zu schießen. Das konnte eine Wildsau sein, aber auch ein Hirsch oder ein Reh. Ein Häschen hätte aber nicht gereicht. Klar, sagte ich. Herbert kam also mit einem Reh nach Hause. Um es für die Weihnachtsfeier herzurichten, legte er das Teil erst einmal in seine Badewanne. Dann, am nächsten Tag, hat er Detlef gebeten, Rotwein zu besorgen, im Großmarkt. Das hat er dann auch gemacht. Das muss man sich einmal vorstellen! So ein Aufwand. Und das kurz vor dem Weihnachtsfest. Herbert hat den Wein dann auf das Reh gekippt, bis es vollständig verschwand. Es war noch da, selbstverständlich, aber man konnte es nicht mehr sehen. Ich verstehe, warf ich ein. Drei Tage lag das Reh in der Badewanne. Und am dritten Tag haben sie es dann zerkleinert und im Ofen gebraten. Tagelang waren sie damit beschäftigt, Grundsoße herzustellen. Ich weiß nicht, wie viele Liter. Auf jeden Fall Unmengen. Was passt in so eine normale Badewanne? 120 Liter vielleicht, schätzte ich spontan. Detlef musste die Knochen für die Grundsoß – Herbert sprach dieses Wort immer ein bisschen, sagen wir, eigenwillig aus - in der Großmarkthalle in Frankfurt holen, das war seine originäre Aufgabe. Oha, ich verstehe, sagte ich. Und Semmeln. Semmeln musste er besorgen. Für die Knödel. 200 Brötchen. Können Sie sich das vorstellen? Ehrlich gesagt, nein, sagte ich. Dazu noch 100 Eier. 100! Und einen Eimer geschnittenen Rotkohl. Nein. Doch. Wenn ich es Ihnen sage! Und da er schon einmal im Großmarkt war, rief Herbert ihn dort an, er solle noch einen Mörtelkübel und einen Mörtelquirl für die Bohrmaschine mitbringen. Nein! Doch! Unfassbar! Als er wieder zurück war, bei Herbert, nicht hier bei mir, dann musste er die Semmeln in dünne Scheiben schneiden. Als ich sagte: Detlef, das geht zu weit! Dann hat er nur lakonisch gesagt: Es waren ja nur 200. In der Zwischenzeit hat der Herbert die Wanne gereinigt, und den Quirl in eine Schlagbohrmaschine gesteckt. Das hat mir mein Mann ganz stolz erzählt. Danach haben sie dann alles in den Kübel geschmissen und mit der Bohrmaschine den Teig durchgeknetet. Herbert hatte sich zu diesem Zweck sogar eine Schutzbrille aufgesetzt. Und als der Teig fertig war, haben sie die Tennisbälle in einen 30 Liter-Topf mit heißem

Wasser geschmissen. Verrückt! Ich bin sprachlos, sagte ich. Nachts, so gegen zwei Uhr, waren sie dann damit fertig. Das Weihnachtsessen selbst verlief etwas enttäuschend, zumindest war es das Ende, das Detlef sprachlos gemacht hatte. Denn als alle verschwunden waren, fehlten in der Kasse, die am Eingang zum Lehrerzimmer stand, und in die jeder seinen Obolus hineinlegen sollte, 1200 Euro. Der Festausschuss blieb also auf 1200 Euro sitzen! Das hinterlässt doch zumindest einen fahlen Beigeschmack, nicht wahr. Unbedingt, pflichtete ich bei. Was hat er noch gemacht? Detlef war seit Jahrzehnten bei den Umweltschützern, Mitglied der Grünen, beim BUND, WWF, Sie wissen schon. Er hat regelmäßig für Greenpeace gespendet, auch größere Summen. Ja er war auch bei den Fridays for

Future-Demos in der Innenstadt, zumindest nach seinem Unterricht. Er konnte nicht ertragen, dass an seiner Schule so viel Energie verschwendet wurde. Er machte es sich gewissermaßen zur Gewohnheit, nach Schulende durch die Räume zu gehen und sämtliche Fenster zu schließen. Das spart Unmengen an $CO_2$, sagte er immer wieder. Und er goss regelmäßig die Pflanzen. Die hätten nämlich ohne ihn das Zeitliche gesegnet. Da bin ich mir sicher. Auch in den Ferien ist er regelmäßig zur Schule gefahren und hat die Blümchen und die Bäumchen gegossen. Im Sommer beispielsweise ist die Schule fünf Wochen dicht. Da kann man sich leicht vorstellen, was aus den zarten Pflänzlein in der Zwischenzeit geworden wäre. Eine Attacke der Kupferstecher ist nichts dagegen. Ich verstand, was sie damit meinte, denn Herr Wörner hatte mich ja in die Thematik eingeführt. Ein Bäumchen hatte es ihm besonders angetan. Eine Birkenfeige. Sie stand ursprünglich in einem maroden Trakt der Schule, der abgerissen werden sollte. Man wollte den stattlichen Baum einfach entsorgen. Nachdem Detlef das mitgekriegt hatte, karrte er das Bäumchen mit der Sackkarre des Hausmeisters in das Lehrer*innenzimmer. Da es dort aber sehr eng ist, bei weit über 140 Kolleg*innen kann man sich das gut vorstellen, stellte er das arme Teil in die Herrentoilette. Ich sage: die Herrentoilette. Tatsächlich gab es für den Lehrkörper männlichen Geschlechts, also für Cis-Männer, nur dieses eine Kabuff. Schrecklich. Wo leben wir denn? Und das war der Anfang vom Ende. Obwohl

Detlef sie fachgerecht mit Dünger versorgt hatte und sie regelmäßig goss, verlor die einst so stattliche Birkenfeige immer mehr Blätter, bis sie schließlich überhaupt keine mehr hatte. Mein Mann hat das auf die schlechte Luft zurückgeführt. Er erwähnte des Öfteren die schlechten hygienischen Verhältnisse an der Schule. Die Gase müssen bestialisch gewesen sein. Schließlich, nach einem halben Jahr, wurde die tote Birkenfeige vom Hausmeister schließlich doch noch entsorgt. Das hat Detlef mitgenommen. Er sagte immer wieder, ein Baum ist auch ein Lebewesen. Da hatte er recht, sagte ich. Das weiß ich sogar. Was hat er noch gemacht? fragte sie sich leise. Ich glaube, das wars. Warten Sie mal. Fast hätte ich es vergessen. Vor etwa drei Jahren hat er die Radgruppe gegründet. Einmal pro Woche sind sie dann durch die Gegend gedüst. Meistens freitags, nachdem alle mit ihrem Unterricht fertig waren. Ohne Mittagessen. In der Regel waren vier Kollegen dabei. Das hat ihm einen Riesenspaß bereitet. Wie lief das am letzten Freitag? fragte ich. Ich kann mich gut daran erinnern, sagte sie, dass er am letzten Dienstag gesagt hat, der nächste Termin würde platzen. Angeblich hätten die Mitfahrer eine oder mehrere Klassenkonferenzen am Freitagnachmittag. Und Ihr Mann, fragte ich weiter, was hat er dann gemacht? Wissen Sie, sagte sie, Detlef ließ sich das nicht nehmen. Er brauchte das, um die Woche hinter sich zu lassen. Er ist alleine gefahren. Das hat er immer so gehandhabt. Oft waren die Kollegen aus diesem oder jenem Grund verhindert. Detlef aber ist immer gefahren. Er sprach ab und an in diesem Zusammenhang von Ehre. Ich weiß aber nicht genau, was er damit meinte. Schließlich hatte er ja die Truppe ins Leben gerufen und er war auch der Führer, sofern man das Wort überhaupt noch verwenden darf. Er war derjenige, der die ganzen Trails kannte. Hatte einer einen Platten, dann half er, denn er hatte sein komplettes Reparaturset, sein Repair-Kit, wie er immer sagte, dabei. Und wann kam er dann nach Hause, an diesen Freitagen? fragte ich. Das war eigentlich immer so gegen fünf. Meistens haben sie irgendwo eine Rast eingelegt und ein Bierchen getrunken. Teambuilding. Verstehe, sagte ich. Das ist verdammt viel, was er für seine Schule getan hat, sagte ich. Scheint ja eine riesengroße Schule zu sein. Darauf können Sie wetten, sagte sie. Ich denke, ich werde jetzt zurück ins Präsidium fahren. Sollte Ihnen noch etwas einfallen, hier ist meine Karte. Ich legte meine Visitenkarte auf den Tisch. Ja, das werde ich tun, sagte sie. Herr Fischer, da ist noch etwas, das mir gerade eingefallen ist: Am Freitagmorgen hat er zu mir gesagt, dass er am Nachmittag eine Runde durch den Odenwald machen wolle. Was mich stutzig gemacht hat, ist die Tatsache, dass er im Moor gefunden worden ist. Das verstehe ich ehrlich gesagt nicht. Okay, sagte ich, ich werde versuchen, der Sache einmal nachzugehen. Ach ja, noch etwas. Ich bräuchte ein Foto von Ihrem Mann, Sie wissen schon: falls ihn vielleicht doch jemand am Freitag in der Nähe des Moors gesehen hat. Zum Beispiel in der Klause am Erlensee. Vielleicht hat er ja dort ein Bierchen getrunken. Hier habe ich ein schönes Bild auf meinem Handy, ich schicke es schnell zum Drucker. Merci, sagte ich und dann begleitete sie mich noch hinunter. Ich bedankte mich bei ihr auch noch für die Zeit, die sie sich für meine Fragen genommen hatte. Wiedersehen. Alles Gute. Danke. Ich ging zurück zum Ballonplatz. Es fühlte sich von der Temperatur her tatsächlich so an: als ob der Ballon platzt. Zufall? Man weiß es nicht. Ich stieg in meine heiße Kiste und fuhr zum Präsidium. Ich würde noch genügend Zeit haben, einen Bericht zu schreiben, bevor wir uns zum Nachmittags-Briefing trafen. Natürlich dauerte es wieder eine gefühlte Ewigkeit, bis ich im Office ankam. Die Nieder-Ramstädter ist auch nicht besser als die Heidelberger, dachte ich. Ich parkte den Wagen und ging hoch in mein Büro. Ich war zufrieden, denn keiner wollte etwas von mir. Somit konnte ich in Ruhe meiner Arbeit nachgehen. Ich freute mich schon auf meinen Feierabend, denn heute würde ich nach der Arbeit direkt in den Garten fahren. Ich hatte das starke Bedürfnis, mich etwas auszutoben, auf meinem MTB. Punkt drei rief Kemmerer zum Briefing. Kommt Kinnings, es geht los. Ja Scheffe, sagte ich, uno momento por favor. Als ich in sein Office kam, strahlte er über beide Backen. Sofort kam er auf mich zu und rubbelte mit seiner linken Hand an meiner rechten Schulter. So war er halt, unser Chef. Immer auf Tuchfühlung. Fein gemacht, Fischer, sagte er. Deine Intuition hat auch dieses Mal funktioniert. Respekt! Was genau ist denn passiert? fragte ich. Die Spurensuche hat zwar nix Verwertbares gefunden. Was eigentlich klar war. Alle möglichen Spuren waren offenbar verwischt. Logisch, nach der Aktion vom Freitag. Aber der Doc kann bestätigen, was wir zunächst auch vermutet haben: Müller wurde mit einem amorphen Gegenstand erschlagen, höchstwahrscheinlich mit einem Stein. Wie sicher? Hundertpro. Uns bleibt zunächst nichts anderes übrig, als in seinem persönlichen Umfeld zu recherchieren. Fischer, du guckst dir morsche die Schule mal genauer an. Schneider, du fährst zum Erlensee und hörst dich in der Kneipe um, sobald du die Vorfälle vom Sonntagabend abgehakt hast; vielleicht haben wir ja Glück. Ich habe ein Bild von Müller, sagte ich. Gib mal her, sagte Schneider. Hübscher Kerl, eigentlich schade, fügte sie hinzu. In Anbetracht der Uhrzeit wünsche ich den Herrschaften einen schönen Feierabend, sagte Kemmerer. Danke, Chef, sagte ich.

Dito, sagte meine Kollegin. Ich ging in mein Office und knipste den Rechner aus. Dann machte ich mich auch schon auf den Weg, um mein Bike abzuholen. Die Hitze war nach wie vor unerträglich. Das würde sich erfahrungsgemäß erst gegen neun Uhr bessern. Auf jeden Fall Licht am Ende des Tunnels. Dieses Mal entschied ich mich für den Radweg Nr. 8. Am nächsten Montag stand ich beizeiten auf und wählte eine formale Kleidung, trotz der Hitze. Punkt acht stand ich auf der Matte. Es war ein Flachbau aus den 70ern. Schmucklos. Trist. Ich hatte – ehrlich gesagt – auch nichts anderes erwartet. Ich wusste, dass es mehr als 100 Lehrer*innen gab. Ich verwende das Gendersternchen gerne, weil es zeigt, dass ich sensibel bin. Seit kurzem ist es ja laut Duden erlaubt, das hat zumindest unsere Chefsekretärin gesagt. Und die muss es ja wissen. Ich konnte und wollte nicht mit allen sprechen, dann wäre ich an Weihnachten noch nicht fertig gewesen. Mit dem Chef des Ladens, Herrn Stieler, und mit Müllers engstem Kollegenkreis. Also seiner Radgruppe. Das würde fürs erste genügen, dachte ich mir. Ich ging davon aus, dass man mir freundlicherweise ein Office bereitstellen würde, in dem ich die Herrschaften nacheinander befragen können würde. (Müsste richtig sein, der Satz). Ich öffnete die Glastüre und folgte dem Hinweisschild Sekretariat. Ich muss zugeben, dass ich etwas nervös war. Ich fragte mich: Wieso zum Teufel bist du so fucking nervös? Und nachdem ich ein wenig räsoniert hatte, kam ich zu der Erkenntnis, dass es etwas mit meiner eigenen Schulzeit zu tun haben musste. Damals herrschte – zumindest an unserem Gymnasium – ein extrem asymmetrisches Machtverhältnis zwischen dem Lehrkörper auf der einen und der Schülerschaft auf der anderen Seite. Ich werde jetzt nicht über Einzelheiten berichten, von an den Ohren ziehen oder stell dich sofort an die Wand oder sammle den Müll auf, du Lappen! Und zwar den ganzen, von allen. Du steifer Bock. Schnauze, du Lutscher. Nein, ich werde nicht in die Details gehen. Sondern ich versuchte positiv nach vorne zu blicken. Vorurteilsfrei. Wie ich das immer mache. Ich atmete tief durch und klopfte zweimal sachte, ganz sachte an die Tür des Sekretariats. Ja bitte, konnte ich vernehmen. Ich öffnete die Tür einen Spaltbreit und lunste vorsichtig hinein. Was kann ich für Sie tun? fragte eine offensichtlich super-freundliche Dame in legerer Sommer-kleidung. Mitte 30, blond. Offensicht-lich Frau Kirsch, die Chefsekretärin. Gu-ten Morgen, Frau Kirsch, wir hatten ges-tern, glaube ich, kurz miteinander tele-foniert. Ich komme von der Kripo Darmstadt, Fischer mein Name. Ach ja, ich erinnere mich. Könnten Sie bitte et-was warten, der Chef ist noch nicht da. Steckt im Stau. Hat gerade angerufen. Sie wissen, die Heinrichstraße ist un-möglich. Er kommt aus dem tiefsten Odenwald. Ich kenne das Problem, sagte ich. Sie können aber im Lehrer-zimmer warten, wenn es Ihnen recht ist. Gerne, sagte ich. Ein Traum wird wahr, dachte ich. Ich wollte schon immer mal ein Lehrerzimmer von innen sehen. Sie verließ ihren Platz und ging an mir vor-bei, offensichtlich Richtung der heiligen

Hallen. Chanel Nr 5 war mein Tipp. Setzen Sie sich irgendwohin, es gibt keine festen Plätze. Vielen Dank, Pa…, sorry, Frau Kirsch. Ich setzte mich in die hinterste Ecke auf eine Couch. Vor mir eine riesengroße Wand mit kleinen Kästchen, die wie Vogelhäuschen aussahen. Oberhalb dieser kleinen süßen Häuschen waren anscheinend Schließfächer angebracht. Seltsamerweise hing an jedem dieser Fächer der Schlüssel. Ich dachte bei mir: wozu ein Schloss, wenn sowieso alle Fächer offen sind? Die unteren waren wohl die sogenannten Postfächer, dachte ich mir. Keine einzige Pflanze weit und breit. Gleißendes Neonlicht. Weiß. Möbel offenbar aus dem letzten Jahrtausend. Kein Mensch weit und breit. Plötzlich ging die rechte der beiden Türen auf und herein kam ein Mann um die 40, schwarzes gelocktes

Haar, Nickelbrille mit ovalen Gläsern, rosa Sakko, knalleng, zugeknöpft, zumindest mit einem Knopf, schwarze Jeans. Offensichtlich gewichste schwarze Lederschuhe. Ich dachte mir spontan: Bei geeigneten Lichtbedingungen konnte er sein Konterfei darin betrachten. Praktisch. Er ging schnurstracks auf ein solches Vogelhäuschen zu. Ich gehe davon aus, dass es seins war. Er schien zu prüfen, ob Post für ihn gekommen sei und als er offensichtlich nicht fündig geworden ist, reckte er sich hoch, öffnete ein abschließbares Fach und zauberte einen Kanister hervor. Ich schätzte das Fassungsvermögen auf fünf Liter. Er drehte am Schraubverschluss, legte ihn auf den Tisch hinter sich und setzte die Tülle des Kanisters auf der Unterlippe auf. Dann drückte er die Last mit beiden Händen gen Norden, bis der Inhalt, ich gehe davon aus, dass es sich um Wasser handelte, zu laufen anfing. Und zwar in seinen Schlund. Er drehte sich gleichzeitig kaum merklich zur Seite, so dass ich seinen Kehlkopf sehen konnte. Es war unfassbar, mit welcher Frequenz sich der Kehlkopf in konvulsivischen Zuckungen hin und her bewegte. Ich tippte auf 50 Hertz. Dazu das Geräusch. Leider konnte ich das Geräusch nicht beschreiben. Mir fehlten die Worte. Tatsächlich. Er ließ es offensichtlich einfach so laufen. Das war zirkusreif, dachte ich mir. Ich hatte so etwas bis zu jenem Zeitpunkt noch nie gesehen gehabt. Ich war sprachlos. Noch wähnte ich mich unentdeckt. Unbemerkt schien mir aber der geeignetere Ausdruck zu sein. Nach der Aufnahme von gefühlten zwei Litern setzte er die Tülle von seiner Schnüss ab und schraubte den Container wieder zu. Ich war der Meinung, ich hätte ein sanftes Rülpsen gehört, war mir aber nicht sicher. Dann hievte er ihn wieder hoch, an seinen Platz im Fach mit dem Schlüsselchen. Der Mann, offensichtlich Teil des Lehrkörpers, vermutlich ein Cis-Mann, ging jetzt an der Wand mit den Fächern etwa zwei Meter nach links. Er schien die Postfächer, die dort untergebracht waren, zu checken. Man sah, wie sich sein Kopf kaum merklich von oben nach unten und von links nach rechts bewegte. Plötzlich hielt er inne. Sein Kopf bewegte sich jetzt in einem größeren Radius als zuvor in Richtung der beiden Türen. Erst rechts, dann links. Und urplötzlich, fast schon echsengleich, griff er in ein Postfach. Ich dachte: Wow, der Kollege hat mehrere

Postfächer, der gehört bestimmt zur Nomenklatura. Der war systemrelevant.
Ich war mir aber nicht sicher. Doch
dann wurde mir klar, was es mit diesem
Fach auf sich hatte. Offensichtlich war
es eine Zuckerschnecke, die er erbeutet
hatte. Genauso schnell, wie er sie her-
ausgezogen hatte, hatte er sie auch
schon in die Schnüss gesteckt. Unfassbar. Ich blieb bei meiner Meinung mit
dem Zirkus. Und plötzlich fielen mir
wieder die Geräusche ein, die eine
Rohrdommel macht. Unvergleichbar.
Und zwar die große. Man nennt sie aus
gutem Grund auch Moorochse, Wasser-
ochse, Riedochse oder auch Mooskuh.
Und dieses Geräusch wähnte ich jetzt
wahrzunehmen. Ich war mir aber wirklich nicht hundertprozentig sicher, von
wo die Geräuschquelle kam. Im selben
Moment kam eine weitere Person ins

Zimmer. Es war eine Frau, vermutlich Anfang 30. Auch Cis. Sie betrat das Zimmer ebenfalls durch die rechte Tür. Im Gegensatz zu dem vermeintlichen Kollegen, schaute sie in meine Richtung und nickte mir unmerklich zu, zumindest dachte ich das. Auch sie ging zu ihrem Postfach. (Leider musste ich jetzt mehrmals das Wort unmerklich verwenden, es war alternativlos). Offensichtlich wollte sie ihre Zuckerschnecke herausholen. Aber leider war sie nicht mehr da, zumindest da, wo sie eigentlich hätte sein sollen. Sie schaute in meine Richtung. Und an ihrem Blick konnte ich sehen, dass sie bemüht war, meine Mundpartie auf mögliche Zuckerkristalle abzusuchen. Ergebnis negativ. Gute Augen, fand ich. Sie wandte sich wieder ihrem Fach zu und schüttelte den Kopf. Dieses Mal merklich.

Dann ging sie in aller Ruhe zum Kaffee-automaten und brühte sich einen Kaffee auf. Und plötzlich gingen beide Türen gleichzeitig auf und genau so plötzlich war der Raum auch voll. Der Lärmpegel stieg rasant an. Meine App zeigte 90 db. Unfassbar! Es war offensichtlich die kleine Pause. Denn die Lehrer*innen nahmen sich keine Zeit, sich hinzuset-zen um etwas zu essen und/oder zu trinken. Alle gingen zunächst zu ihren Fächern, manche kamen mit einem Ku-vert zurück, öffneten es, zauberten ei-nen Brief hervor, lasen im Stehen, schüt-telten den Kopf. Andere holten sich eine Banane aus ihrem Fach. Wieder andere setzten ihre meist riesengroßen Wasser-flaschen auf ihre Unterlippe und ließen es einfach laufen. Ich hatte den Ein-druck, dass das offensichtlich etwas mit dem vielen Reden und der trockenen

Luft zu tun haben musste. Aus meiner Dienststelle kannte ich dieses Phänomen nicht, zumindest nicht in diesem Ausmaß. Offensichtlich gab es zwei Gruppen. Später erfuhr ich, dass das Kollegium tatsächlich zweigeteilt war. Es gab die Rechten und die Linken. Das ließ sich aber einfach erklären. Die Rechten saßen meist auf der rechten Seite im Lehrerzimmer. Die Linken auf der gegenüberliegenden Seite. Auch waren die Linken meist in der Gewerkschaft, das hat man mir zumindest in einem Nebensatz zugesteckt. Aber ein Phänomen fand ich in dem Zusammenhang frappierend: Während die Rechten Discounter-Bananen aßen, liefen die Linken mit Fairtrade-Bananen umher. Auch ich habe mir angewöhnt, in den Arbeitspausen eine Banane zu essen. Der Grund war ein ganz einfacher: Sie machte satt. Und sie hatte nicht eine so hohe Energiedichte wie eine Semmel. Woran erkannte ich nun die verschiedenen Bananensorten? Das war denkbar einfach: Die Bananen, die eher im rechten Bereich umherschwirrten, hatten einen banana sticker, worauf Del Monte oder Bonita stand; auf zweien war der Chiquita-Sticker aufgeklebt. Und die Bananen, die sich vorwiegend links aufhielten: Darauf stand Fairtrade oder Bio-Bio. Das erkannte ich schon anhand der Farben auf dem Sticker. Plötzlich Totenstille. Was war geschehen? Es war unfassbar, dass plötzlich kein Mensch außer mir zurückgeblieben war. Wo war das Stimmengewirr geblieben? Wo die Menschen, die hektisch und ohne Ziel umherzulaufen schienen? Fast gleichzeitig hatten alle die Räumlichkeit verlassen. War ich kurz eingenickt gewesen? Das konnte ich mir bei diesem Lärm nicht vorstellen. Gab es ein geheimes Signal? Ich kann es nicht sagen. Vielleicht hatte jemand einen Wink gegeben, dass der Chef am Herannahen war. Keine Ahnung. Ich hatte den Eindruck, dass mich außer einer Person keiner bemerkt hatte. Prima, dachte ich mir. Du schlägst einfach dein Lager hier auf, zu trinken gab es ja genug, und wenn man lange genug suchte, konnte man auch satt werden. So könnte ich mir meine Miete sparen. Natürlich spielte ich diese Idee nur in meiner Phantasie durch. Ich verwarf es sofort wieder, denn Herr Stieler kam wie aus dem Nichts auf mich zu gerauscht. Kurzes, sehr kurzes braunes Haar, Gel, schlank, grauer Sommeranzug. Jung, dynamisch. Generation Y, dachte ich spontan. Guten Morgen Herr Fischer, bitte kommen Sie doch in mein Büro. Entschuldigung, dass ich mich verspätet habe. Aber der Innenstadtverkehr – ich sage nur eine Frechheit. Ich kenne das, sagte ich. Ich folgte ihm in sein Office, vorbei an der superfreundlichen Sekretärin. Er bot mir einen Platz an einem runden Glastisch an. Kaffee? Nein danke, sagte ich, zu heiß heute. Nice, sagte Stieler. Ich wusste nicht genau, was er damit meinte. Sind Sie Engländer, fragte ich vorsichtig. Nicht ea, sondern ie. Ah, sagte ich, verstehe. Wasser? Ja bitte. Mit oder ohne. Medium bitte. Gerne. Und dann war er so freundlich, mir ein Glas lauwarmes Wasser einzuschenken und es mir dann auch noch zu reichen. Danke, sagte ich. Womit, sagte er, kann ich Ihnen helfen? Sie wissen, es geht um Herrn Müller. Ich habe da ein paar Fragen. Zuerst natürlich an Sie. Und dann, wenn möglich, noch an zwei drei Kollegen. Okay, sagte Stieler. Let's kick it off. Ist Ihnen in letzter Zeit etwas an Herrn Müller aufgefallen? Er war eigentlich wie immer. Ich habe mir die Frage auch schon gestellt. Nun gut, die Beförderung stand bald an. Er hatte ja unbedingt darauf bestanden, befördert zu werden. In einem Vieraugengespräch hat er mir gebeichtet, dass alle anderen befördert würden, sie quasi an ihm vorbeizögen, auch jüngere Kolleg*innen. Er käme sich vor wie ein Depp. Bei allem, was er hier leiste. Müller gehörte nicht zum Inner Circle müssen Sie wissen. Er war in der Gewerkschaft und sehr kritisch. Bei Gesamtkonferenzen musste er zu allem seinen Senf geben. Fürchterlich! Das hat das Prozedere unglaublich zäh gemacht. Immer und immer wieder. Again and again. Wir haben sein Anliegen dann in verschiedenen Gremien beraten und sind zu dem Schluss gekommen, dass er ja irgendwie recht hatte. Und so haben wir sozusagen eine Stelle auf ihn zugeschnitten. Als andere davon Wind bekommen haben, waren die auch sofort scharf auf diese Stelle und haben sich darauf beworben. Letztendlich entscheiden nicht wir, sondern das Amt. Wir können allenfalls eine Empfehlung aussprechen. Aber bisher war es eigentlich immer so, dass das Amt unserem Vorschlag entsprochen hat. Und dieses Mal wäre es nicht anders gewesen, das hat man mir zumindest zugesteckt. Müller hatte sich schließlich dafür qualifiziert. Sie müssen wissen, er hat ein Händchen dafür. Wofür? wollte ich wissen. Er hat sozusagen einen grünen

Daumen. In den letzten Jahren hatte er die Oberhoheit über alle Topfpflanzen auf dem Schulgelände. Und er war der Energiemanager. Nach Unterrichtsschluss ist er durch alle Unterrichtsräume geschwirrt und hat dafür gesorgt, dass alle Fenster geschlossen waren. Zudem hat er die Heizung heruntergedreht. In jedem einzelnen Klassenraum. Über wie viele Klassenräume reden wir? fragte ich. Nun, wenn ich mich recht besinne, dann komme ich auf round about 53. Tschüsch, sagte ich. Sorry? Respekt, schob ich nach. Und die Ferien. In den Ferien kam er jeden zweiten Tag, um die Bäumchen zu gießen. Sie sollten wissen, dass unsere Schule in den Sommerferien fünf Wochen geschlossen bleibt. Ohne sein Engagement wäre hier alles vertrocknet. Logisch, sagte ich zustimmend. Ein Bäumchen hatte es ihm besonders angetan. Zunächst hatte er es vor der Abrissbirne gerettet, die Birkenfeige stand nämlich in einem maroden Gebäudetrakt, der abgerissen werden sollte. Müller hat den Baum dann sofort aus dem Bau geholt, als er davon erfuhr und in das Lehrer*innenzimmer verfrachtet. Genau gesagt, in die Herrentoilette. Und da ist sie dann innerhalb kürzester Zeit vermutlich erstickt. Sie hat einfach keine Luft mehr bekommen. Wallah, sagte ich. Sorry? Ich bin erstaunt, korrigierte ich mich schnell. Viele Mitglieder*innen – ich liebe dieses Gendersternchen, es zeigt, dass man sensibel ist, gell? – fanden das einfach klasse, was Müller da auf die Beine gestellt hat im Laufe der Zeit. Andere verdrehten die Augen und nannten ihn einen Ökospinner, manche gar einen Ökofaschisten. Das haben mir

Kolleg*innen zugetragen, die mich regelmäßig updaten über das, was gerade im Lehrer*innenzimmer trendet. So bin ich eigentlich immer auf der Höhe der Zeit, habe das neueste Sicherheitsupdate, sozusagen. Und welchen finanziellen Unterschied macht denn eine solche Beförderung? wollte ich wissen. Das spielt sich in einer Größenordnung von round about 300 bis 400 Euro im Monat ab. Und zwar lebenslang. Brutto, sagte ich. Netto. 400 Euro auf die Kralle, das macht schon einen Unterschied. It makes a difference, schob er hinterher. Und wer wollte außer Müller noch diese Stelle? Brehm. Eichel, genannt Geier ohne Eier. Osten. Waldeier. Zimmermann, genannt Zimbo. Au Backe! sagte ich. Warum die seltsamen Namen? Nun, Eichel heißt bei den Schülern so. Ehrlich gesagt, weiß ich nicht, warum.

Klar, es war bekannt, dass er sich einer Operation unterziehen musste. Sicherlich keine Schönheits-OP, schob ich hinterher. Gewiss nicht! Beim Tennis würde man sagen new balls, please. Und Zimbo, der wird von allen so genannt. Er mag das. Offensichtlich gibt ihm das ein Gefühl von Akzeptanz. Man muss wissen, dass Zimbo ein eher schräger Vogel ist. (Wobei wir wieder beim Thema wären). Inwiefern? wollte ich wissen. Nun, Zimbo ist der strangeste von allen, manches Mal echt cringeworthy. Oha, da waren die Konflikte sicherlich vorprogrammiert, sagte ich. Darauf können Sie einen ziehen lassen, sagte Stieler. Sorry für meine Ausdrucksweise. Seit ich im Schuldienst bin, zuerst im Brennpunkt, hat sich meine Sprache verändert. Ich muss da-

rauf achten, sagte er, fast schon ent-
schuldigend. Kein Problem, sagte ich.
Gab es sonst noch etwas Auffälliges?
Müller grinste in letzter Zeit häufiger.
Und da er offensichtlich nicht im Lotto
gewonnen hatte, mag das etwas mit seinen Aussichten zu tun gehabt haben.
Von seiner Frau habe ich gehört, dass er
sehr engagiert war, sagte ich abschließend. Guter Herr Fischer. Wir sind alle
engagiert. Und wir alle sind auch idea-
listisch. Ich würde da keinen und keine
hervorheben, keine Unterschiede machen wollen. So viel zu dem Thema! Das
sagte er mit Nachdruck. Wie komme ich
an seine, sagen wir, engsten Kolleg*innen heran? Und sollte das möglich sein,
gäbe es hier ein Örtchen, an dem ich
ihnen ein paar Fragen stellen könnte?
Wir sind restlos ausgebucht. Aber neben dem Sekretariat gibt es ein kleines,

aber feines, fensterloses Kabuff. Dahin kann ich Ihnen die Kolleg*innen schicken. Merci vielmals. Keine Ursache, fügte er noch hinzu. Um wen handelt es sich bei den Kolleg*innen? Schuster, Knecht und Eichel. Aber jetzt muss ich unterrichten. Auch ein Schulleiter muss das mal. Und dann lachte er hämisch. Sagen wir morgen, dritte Stunde, pro Kollege, pro Kollegin round about 15 Minuten, reicht das? Dann fällt nicht so viel Unterricht aus. Perfekt, sagte ich und verabschiedete mich von dem Dynamischen. Ich ging noch mal ins Office, um zu fragen, wann denn die dritte Stunde anfängt. Jetzt war die freundliche Sekretärin nicht da, sondern ganz offenbar ein Drache. Wuff. Können Sie nicht anklopfen? sagte er in einem Ton, der für mich, sagen wir es vorsichtig, gewöhnungsbedürftig war. Ich trat den

Rückzug an und nahm mir vor, den Erstbesten zu fragen, der mir über den Weg lief. Es war ganz offensichtlich ein Schüler. Ich hoffte ein Cis-Schüler, denn ich wollte niemanden beleidigen. Guten Morgen junger Mann, wann fängt denn die dritte Stunde an? Er war artig und gab mir adressatenorientiert Antwort. Ich war zufrieden und ging zu meiner Karre, um ins Präsidium zu fahren. Aber da ich schon mal die Karre hatte, konnte ich auch noch mal ins Moor fahren, dachte ich mir. Ich hatte mir vorgenommen, erneut die Stelle anzuschauen. Dieses Mal entschied ich mich für die A5. Und siehe da: Innerhalb von zehn Minuten hatte ich tatsächlich mein Ziel erreicht. Unfassbar. Natürlich ab der Autobahnauffahrt gerechnet. Und wieder parkte ich die Karre am Naturfreundehaus. Unter der Woche nix los, dachte ich. Dann fragte ich mich, ob unter der Woche überhaupt jemals irgendjemand hier war. Ehrlich gesagt, ich wusste es nicht. Ich ging Richtung der fraglichen Stelle, aber dieses Mal erweiterte ich meinen Radius. Als ich ein Kind war, vielleicht so sieben oder acht, schauten wir zu Hause alle Miss Marple-Krimis. Ich fand die Filme damals klasse. Ich finde sie sogar heute noch besser, als vieles, was in der Glotze läuft. An einen Krimi kann ich mich besonders erinnern. Er hieß, glaube ich, 16 Uhr 50 ab Paddington. In diesem Krimi sieht Miss Marple, die in einem Zug fährt, wie ein Mann eine Frau ermordet. Beide befinden sich ebenfalls in einem Zug, der sich für einen kurzen Zeitraum auf gleicher Höhe befindet. Schon bald nach ihrer Ankunft beginnt sie damit, die Stelle am Bahndamm, an der das vermeintliche Verbrechen passiert ist, nach Spuren abzusuchen. Und siehe da: Sie wird fündig. Und ab diesem Zeitpunkt nimmt die Handlung so richtig Fahrt auf. Und genau das gleiche hatte ich jetzt auch vor. Ich wollte vor allem den Bahndamm einmal genauer ins Visier nehmen. Zu diesem Zweck kletterte ich die Böschung hinauf und ging, in sicherem Abstand zu den Gleisen, zunächst in nördliche Richtung. Ich hoffte, dass mir keiner eine Sektflasche aus einem vorbeifahrenden Zug an den Kopf werfen würde, darauf hatte ich überhaupt keine Lust. Scheint ja öfter vorzukommen. Vor allem aus sogenannten Partyzügen. Auf jeden Fall blieb ich auf der Hut, auch wenn mir dies bei der anhaltenden Hitze schwerfiel. Mir war klar, dass die meisten Züge Fenster hatten, die man überhaupt nicht öffnen konnte. Angeblich wegen der Klimaanlage. Finde den Fehler! Und weil die meisten Fenster nicht zu öffnen waren, konnte man folglich auch nichts aus dem Zug werfen, zumindest während der Fahrt. Und das war offensichtlich auch der Grund, warum mir bei dem Anblick des vielen Schotters fast schwindelig wurde. Anderen Menschen wird bei dem Anblick von Schotter ebenfalls schwindlig, aber das ist eine andere Geschichte. Ich ging etwa einen halben Kilometer entlang des Gleisbettes, konnte aber beim besten Willen nichts Auffälliges finden. Ich trat den Rückmarsch an. Zu diesem Zeitpunkt war ich bereits völlig durchgeschwitzt. Bei der Rückfahrt würde ich zu Hause einen Boxenstopp einlegen, um mir frische Klamotten anzuziehen. Ich ging jetzt Richtung Süden. Hier auch wieder etwa 500 Meter. Und als ich an einem Punkt angelangt war, von dem ich dachte, kein Mensch geht freiwillig bis hier hin, da sah ich plötzlich nicht mehr nur graue Schottersteine, nein, ich sah tatsächlich einen größeren Stein, der zudem in der Sonne rötlich zu schimmern schien. Ich holte ein Beutelchen aus meinem Rucksack und klaubte den Stein aus dem Gleisbett. Später würde ich ihn der Forensik übergeben. Trotz allem war ich erfreut ob des Fundes und ging zurück. Als ich in Pfungstadt ankam, befiel mich wie aus heiterem Himmel ein kleines Hüngerchen. Ich fragte mich: Ist das echt oder reagierst du jetzt schon wie der Pawlowsche Hund. Der Hund in mir gewann die Oberhand und ich suchte einen Parkplatz. Dieses Mal parkte ich direkt auf dem Kundenparkplatz der Commerzbank. Macht ja jeder, dachte ich mir. Der Parkplatz war zwar noch da, die Commerzbank aber war wie vom Erdboden verschwunden. Strange. Da es noch relativ früh war, musste ich nicht anstehen. Wieder bestellte ich mit alles und mit scharf und mit extra viel Knoblauchsoße. Und wieder stellte ich mich in einen Hofeingang und aß das Teil wie ein Ferkel, denn ich wollte vermeiden, das Dienstauto zu versauen. Nach dem Mittagessen fuhr ich, so wie ich es vorhatte, zuerst bei mir vorbei, um mich frisch zu machen. Und danach zum Präsidium. Ich stellte den Wagen ab und gab meinen Stein in der Forensik ab. Ich hatte noch Zeit, bis wir uns zum Briefing treffen würden. Noch hatten wir keine signifikanten Zwischenergebnisse zu berichten. Am nächsten Morgen fuhr ich über die Nieder-Ramstädter in die Innenstadt. Ich parkte auf dem Lehrerparkplatz. Wo sonst! Es war neun Uhr und ich wagte es tatsächlich, ins Sekretariat zu gehen. Ich hoffte auf die Freundliche. Ich hatte Glück. Guten Morgen, Frau Kirsch. Moin. Ich würde gerne mein Office beziehen, Sie wissen schon... Sie wusste Bescheid. Sie erhob sich von ihrem Petzi-Ball und ging an mir vorbei in Richtung des kleinen Zimmerchens. Sie schloss es auf, so dass ich einen Blick hineinwerfen konnte. OH MEIN GOTT! dachte ich. Ich rieb mir die Augen, weil ich nicht glauben konnte, was ich sah. Höchstens zwei auf zwei Quadratmeter. Kein Fenster. Eine kleine Sitzgruppe aus dem letzten Jahrtausend. Eine Funsel als Fake-Beleuchtung. Und dunkle Wände, die anscheinend irgendwann einmal von Schülern bemalt worden waren. Und diese Malereien erinnerten mich an die Höhlenmalerei von der Grotte de Jovelle. Aber vielleicht hatten die frühen Kunstwerke der Steinzeit ja als Vorbilder gedient. Ich weiß es nicht. Das wäre alles noch zu verkraften gewesen. Aber der Geruch! Der Geruch erinnerte mich an den Chemieunterricht, dem ich als Schüler beiwohnen durfte. Ich konnte mich in dem Zusammenhang noch an die Strukturformel von Buttersäure erinnern. $C_4H_8O_2$, das war die Summenformel. Warum? Nun, das hätte ich auch gerne gewusst. Es kann sein, Herr Fischer, sagte Frau Kirsch, dass der eine oder andere, die eine oder andere hier herein gestürmt kommt. Dann schauen Sie einfach nur böse, und derjenige, diejenige wird dann rückwärts, ohne einen Ton von sich zu geben, den Raum wieder verlassen. Jahrelange Konditionierung. Sie verstehen? Ich konnte es mir gut vorstellen und blickte für einen kurzen Moment in Richtung des Sekretariats. Manche Kolleg*innen nutzen den Raum, sorry, das Räumchen, um sich etwas auszuruhen. Und einige der Radfahrer ziehen sich auch hier drinnen um. Es gibt sogar einen Herrn, dessen Namen ich nicht verraten möchte, der diesen Raum für sich alleine beansprucht. Gewohnheitsrecht sozusagen. Dieser Kollege hängt dann seine schmutzige Fahrradkleidung über die Stühle und/oder legt sie sogar auf den Tisch. Auch im Winter. Ich wagte noch einmal einen Blick in das Kabuff und sagte: Heute scheinen wir Glück zu haben. Ja, wir haben in der Tat Glück, sagte sie. Unsere Einmal-Handschuhe sind nämlich ausgegangen. Oha, sagte ich. Ich ging hinein und bereitete den hinteren Platz für meine Fragenstunde vor.

Block, Stifte, Handy, Wasserflasche, Lesebrille. Möchten Sie einen Kaffee? fragte die freundliche Sekretärin. Oh, ja gerne, darauf hätte ich jetzt Lust. Und was danach folgte war eine Entschädigung für die Unbilden, die ich in Anbetracht der Umstände bald zu ertragen haben würde. Espresso oder Cappuccino? fragte sie.

Espresso, bitte.

Mit Zucker oder ohne?

Mit, bitte.

Einen einfachen oder einen doppelten.

Einen doppelten.

Kolumbien? Guatemala? Kenia? Sumatra?

Kolumbien!

Koffein normal oder entkoffeiniert?

Normal!

Aromatisiert?

Nein danke!

Helle Röstung?

Medium?

Dunkle Röstung?

Dunkel, bitte!

Gerne! Und dann ging sie zurück in ihr Office. Anscheinend gab es dort eine kleine Küche mit einem gut sortierten Vorrat an Kaffeespezialitäten. Ich fragte mich, ob Müller einen blassen Dunst davon gehabt hatte. Er gehörte ja nicht zum Kreis der Erlauchten. Seltsames Wort. Erinnert mich irgendwie an Wurzelgemüse. Ich wette, dass 99 Prozent der Schüler in dieser Anstalt nicht wissen, was das Wort bedeutet. Erlaucht. Peter, ein guter Freund von mir,

Deutschlehrer, Studienrat. Dieser Peter hat gesagt: Wann immer ich die Schüler nach einem deutschen Kaiser frage, bekomme ich jedes Mal die Antwort Franz Beckenbauer. Darauf könne er wetten, wurde er nie müde zu sagen. Und wenn er nach der Farbe von Koks fragte, dann käme zu 100 Prozent die Antwort weiß. Und dann erzählte er den Kids, wie es war, als er, Peter, noch ein Kind gewesen war. Denn dann kam einmal im Jahr die Lieferung mit Koks. Und er war derjenige, der den ganzen Koks in den Keller schleppen musste. Und dann setzte er immer noch einen drauf. Er sagte: Ohne Koks konnten wir damals gar nicht leben. Und während er das sagte, so Jürgen, lachten sich die Kids immer schibbelig. Und wenn ich jetzt den Erstbesten fragen würde, was schibbelig bedeutet, dann wäre das Ergebnis ähnlich niederschmetternd. Da bin ich mir sicher. Und als eines Tages, es war Fasching, eine Kollegin von Peter als Charlie Chaplin verkleidet in die Schule kam, und Peter sagte, sie habe sich enorm viel Mühe gegeben, um nicht so auszusehen wie der große Diktator, dann haben die Schüler gerufen, schau da! Das ist ja Adolf Hitler. Unfassbar. Ich bekam postwendend meinen Kaffee serviert und wartete gespannt auf meinen ersten Interviewgast des Tages. Licht aus – Spot an! Und da kam er auch schon um die Ecke gerauscht. Ende 40, durchschnittliche Statur, schwarzes Haupthaar, Schlabberlook, dynamisch. Ich tippte auf POWI. Guten Morgen, Sie sind der Herr Fischer, sagte er forsch. Richtig. Und Sie müssten Herr Schuster sein. Richtig. Bitte kommen sie herein und nehmen Sie Platz. Ich habe nur ein paar Fragen. Ja, ich weiß, der Chef hat mich gestern Abend noch angerufen und mir Bescheid gegeben. Womit kann ich Ihnen helfen? fragte er in einem überaus freundlichen Ton. Sie wissen sicherlich, es geht um Ihren Kollegen Müller, ehemaligen Kollegen, sollte ich sagen. Ja, traurig. Ganz traurig. Wir wissen mittlerweile, dass es kein Unfall war. Ist Ihnen in letzter Zeit etwas aufgefallen, stieg ich in medias res ein. Detlef und ich waren auch privat befreundet. Vor allem freitags, während unserer Touren, haben wir uns immer recht gut ausgetauscht. In letzter Zeit hat er vor allem über seine bevorstehende Beförderung gesprochen. Und wie er es kaum erwarten konnte. Schließlich hat er sich jahrelang, entschuldigen Sie die Ausdrucksweise, den Allerwertesten aufgerissen. Er hat aber einen anderen

Begriff verwendet. Fängt auch mit A an. Okay, sagte ich. Klar, er war nicht sonderlich beliebt bei der Nomenklatura. Aber letztendlich hatten die keine andere Wahl. Und Neider, Neider gibt es überall. Da haben Sie recht, sagte ich. Und von wem denken Sie, dass er oder sie ein Neider ist? Kann man auch Neiderin sagen? wollte ich von ihm wissen. Keine Ahnung. Ich bin POWI-Lehrer und kein Deutschlehrer, sagte er. Spontan fallen mir Zimbo und Waldeier ein. Und Eichel. Obwohl der zu unserer Freitags-Gruppe gehört. Eigentlich. Er würde es aber nie und nimmer zugeben. Da bin ich mir hundertpro sicher. Bei Zimbo handelt es sich um Herrn Zimmermann, richtig? Genau. Aber er möchte das so. Und dann bekommt er es auch. Kostet ja nix. Stimmt, sagte ich. Was genau war letzten Freitag anders als sonst? wollte ich wissen. Nun, am Freitag, da fanden verschiedene Fachkonferenzen statt. Und das war der Grund, warum wir unseren Termin abgesagt hatten. Ich zum Beispiel musste an POWI teilnehmen. Detlefs Deutsch-Konferenz findet in der nächsten Woche statt. Das kam in der Vergangenheit öfter vor, dass wir unsere Tour abblasen mussten. Detlef ist dann immer alleine gefahren. Er brauchte das, sagte er immer wieder. Wie viele Teilnehmer gab es? Ach, das war unterschiedlich. Manchmal sieben, manchmal fünf, aber der feste Kern bestand, ich würde sagen, aus vier Radlern. Sonst noch etwas? Ich denke, das war's. Vielen Dank! Ich gab Schuster noch meine Karte und bat ihn, mich anzurufen, falls ihm noch etwas Wichtiges einfiele. Als er draußen war, hatte ich das dringende Bedürfnis, das

Fenster zu öffnen, aber das ging ja nicht. Einer raus, einer rein. Knecht hatte offenbar bereits vor der Tür gewartet gehabt. Denn unmittelbar nach Schusters Abgang stand er schon im Kabuff. Knecht. Fischer, sehr angenehm. Bitte setzen Sie sich. Wortlos pflanzte er sich auf den vorgewärmten Stuhl. Mitte 40, hagere Gestalt, lichtes Haar, bereits leicht ergraut, etwas gebeugte Haltung. Ich tippte auf Mathe. Ich habe gleich wieder Unterricht, sagte er. Ja, ich weiß. Wird schnell gehen. Wie standen Sie zu Müller? Wir fuhren gemeinsam Rad. Waren Sie befreundet? Nein, das nicht. Saßen Sie im Lehrerzimmer zusammen? Nein. Ich verbringe die Pausen im Klassenraum. Kann den Lärm nicht ertragen. Und das dumme Gebabbel. Was war letzten Freitag anders? Ich meine

im Zusammenhang mit ihrer Radt-
ruppe. Nun, ich musste an einer Konferenz teilnehmen. Was die anderen gemacht haben, keine Ahnung. Was unterrichten Sie? Mathematik. Irgendwas
Auffälliges in letzter Zeit? Nö. Fällt mir
nix zu ein. Dann, Herr Knecht, bedanke
ich mich vielmals für die Unannehm-
lichkeiten, die Sie auf sich nehmen
mussten. Auf Wiedersehen. Wiedersehen, sagte er noch und im selben Moment war er auch schon entfleucht.
Meine ursprüngliche Intuition im Zusammenhang mit den Unbilden hatten
sich mittlerweile als self-fulfilling pro-
phecy erwiesen. Es sollte aber noch di-
cker kommen. Ich nahm einen Schluck
aus der Pulle. Aber beinahe hätte ich alles wieder herausgeprustet, als plötzlich
Eichel vor mir stand. Rosa Sakko, knalleng, mit nur einem Knopf geschlossen,

schwarze Jeans. Schwarzes, lockiges Haupthaar, Nickelbrille mit ovalen Gläsern. Gewichste schwarze Lederschuhe. Zur Hälfte geschälte Banane in der rechten Hand. Oberstes Drittel bereits abgeknabbert. Ich tippte auf: Musik und eventuell Deutsch. Da ich protestantisch erzogen wurde, konnte ich mich gerade noch beherrschen. Ich versuchte betont ernst zu bleiben. Sie sind bestimmt Herr Fischer, sagte er mit einer tiefen, sonoren Stimme. Daher die Rohrdommel, der Moorochse, dachte ich. Mit einer leicht zu dekodierenden Geste fragte er mich, ob er weiter seine Banane mümmeln könne. Ich bejahte mit einer entsprechenden Geste, die sich auf der gleichen Ebene befand. Womit kann ich Ihnen dienen? Ich hätte da zwei, drei Fragen. Was denn nu? Hätten oder haben Sie? Ich habe, korrigierte ich mich.

Da Ihr Kollege, Herr Müller, keinen Unfall hatte, sondern ganz offensichtlich einem Gewaltverbrechen zum Opfer gefallen ist, stellen sich für uns einige Fragen. Eichel runzelte kaum merklich die Stirn. Es sah so aus, als ob er an meiner Aussage zweifeln würde. Aber vielleicht täuschte ich mich ja auch. Diesen Gesichtsausdruck musste man sich erst einmal im Laufe seines Lebens erarbeiten, dachte ich mir. Eichel war mittlerweile fertig mit seiner Banane und warf die Schale treffsicher in den Mülleimer, der neben der Tür stand. Dazu hatte er sich in einem Winkel von 90 Grad um die eigene Längsachse gedreht. Danke, sagte ich. Bitte. Wofür eigentlich? Dass Sie den Müll achtsam entsorgen, fiel es mir spontan ein. Muss ich das jetzt verstehen? fragte er. Ich ignorierte diese rhetorische Frage noch nicht einmal.

Wie war Ihr Verhältnis zu Ihrem Kollegen Müller? Wir fuhren gemeinsam Rad. Waren Sie befreundet? Nein, so würde ich das nicht nennen. Wir waren Kollegen, mehr nicht. Und wir haben ab und an mal zusammengesessen. Im Lehrer*innenzimmer. Seine politischen Ansichten waren mir zu radikal. Vor allem was die Umwelt betraf. Können Sie das erläutern, bat ich ihn. Nein, ich muss gleich wieder zurück in meinen Unterricht. Meine Zeit ist kostbar, verstehen Sie? Was unterrichten Sie? Ich bin Musiker. Ich spiele in einer Band. Sicher haben Sie schon mal was von uns gehört. Name? Geier Sturzfluch. Deshalb der Geier, dachte ich mir. Nein, tut mir leid. WAAAAS? sagte er übertrieben erstaunt, wir sind eine Größe hier in Darmstadt. Dann sind Sie kein richtiger Heiner! Wenn Sie meinen, sagte ich, dann isses halt so. Mein zweites Fach ist Deutsch. Sie sind Oberstudienrat? Nein, man nennt es Studienrat. Aber was nicht ist, kann ja noch werden. Sind Sie in der Gewerkschaft? Auf gar keinen Fall. Wo waren Sie Freitagnachmittag? Ich nahm an der Musik-Konferenz teil. Darf ich jetzt? Sie dürfen, Herr Eichel! Vielen Dank für die Zeit, die Sie sich freundlicherweise genommen haben! Bitte. Danke. Binnen einer Zehntelsekunde war er verschwunden, und das war auch gut so. Ich war der Meinung kleiner Pisser gehört zu haben, es kann aber auch Einbildung gewesen sein. Ich grapschte mir den Müllbeutel, der sinnvollerweise im/am Mülleimer hing und überprüfte den Inhalt. Bingo! Ein einziges Objekt. Damit konnte ich gut leben. Bei einem vollen Müllbeutel hätte ich eine professionelle Mülltrennung vorgenommen. Ich stopfte den Beutel samt Inhalt in meinen Rucksack und bereitete mich auf meinen Abgang vor. Natürlich würde ich noch einmal im Office vorbeischauen. Die Chancen standen fifty-fifty, dass ich mich dann auch noch verabschieden würde. Mal gucken. In dem Moment, in dem den Flur betrat, bemerkte mich Stieler. Moin Fischer. Fertig? Yes, zumindest hier. Kommen Sie mal mit. Ich will Ihnen das Gehege zeigen. Es ist gerade große Pause. Gehege? sagte ich. Ja, so nennen einige das Lehrer*innenzimmer. Wir sind darauf bedacht, dass es allen gutgeht. Physisch und psychisch. Ich folgte ihm. Als ich in den Raum kam, sah ich, dass fast der gesamte Lehrkörper in Tandems aufgeteilt war. Ein Lehrer, eine Lehrerin saß auf einem Stuhl und ein Lehrer, eine Lehrerin schien den anderen/ die andere durchzuwalken. Dazu wurde mit beiden Händen die Schulter bearbeitet. Am ehesten zu vergleichen mit einem Bäcker, der seinen Brotteig durchknetet. Stieler sagte leise, ich finde das toll. Die Kolleg*innen wissen zunächst nicht, wer da knetet. Aber mittlerweile haben sie so viel Routine, dass sie das erraten können. Meistens anhand des Drucks, der auf die Schulter ausgeübt wird. Wie das Stoßlüften in der Pandemie, völlig kostenlos. Und dann noch leises, mantrahaftes Flüstern. Das haben wir uns von fernöstlichen Religionen, wie beispielsweise dem Hinduismus, abgeguckt. Es setzt enorme mentale und spirituelle Energien frei. Spüren Sie es? Wie ich bereits sagte, völlig kostenfrei. Genial, sagte ich. Wie lautet der Satz, wenn ich fragen darf? Sie dürfen Fischer! Sie dürfen! Sagte auch er mantrahaft. Vorbildlich, fand ich. Sie werden es nicht glauben, Fischer, aber es ist jeweils der gleiche Satz: Du, ich habe einen Anschlag auf dich vor. Phänomenal, dachte ich. Das müssen wir unbedingt auch bei uns einführen. Und Teambuilding. Es fördert den Zusammenhalt. Und seit den Lockdowns sind sie richtig heiß auf Körperkontakt. Ich denke schon, dass man das so sagen kann, sagte er. Wann ist die Pause zu Ende? fragte ich vorsichtig. Wenn der Teig schön weich ist. Unfassbar, sagte ich. Gell, sagte Stieler. Letztes Jahr hatten wir einen Mitarbeiter, der etwas Neues ausprobieren wollte. Er hat sich auf den Schulhof gestellt und gewartet, bis der Unterricht zu Ende war. Und als die Kolleg*innen dann Richtung Parkplatz gingen, da hat er wild gestikulierend Bananen in ihre Richtung geworfen. Er hatte einen ganzen Sack bei sich. Manches Mal landete eine Banane am Kopf eines Lehrerkörpers, das machte aber nichts, Konditionierung, Sie verstehen? Ich höre zu, sagte ich. Meistens jedoch wurden sie von den Kolleg*innen aufgefangen. Dann freuten sie sich, denn sie hatten ein kostenloses Stück Obst erbeutet. Immerhin ein geldwerter Vorteil, den sie nicht von der Steuer absetzen mussten. Und immer bio. Danach gingen sie beschwingter als zuvor zu ihren Autos. Ich sage immer, Bewegung ist alles. In der nächsten Konferenz gibt es das als Beschlussvorlage. Und zwar haben wir angedacht, das Bananenwerfen ins Schulprogramm zu übernehmen. Eins zu eins. Bananenessen steht ja schon drinne. Wir bekommen täglich eine Ladung Bananen von einem Caterer angeliefert. Die Kosten übernimmt der Förderverein. Erste Ergebnisse liegen schon vor. 30% weniger Krankmeldungen als früher. Prima Idee, sagte ich. Herr Stieler, danke für Ihre Unterstützung. Ich muss jetzt ins Präsidium. Och, das ist aber schade. Ich hätte Ihnen gerne noch mehr gezeigt. Ich reichte ihm meine Hand und verschwand, ohne fifty-fifty. Ich wagte noch einen letzten Blick in das Gehege und versuchte, die Bananen zu zählen, die bereits zur Hälfte geschält vor dem Lehrkörper auf den Tischen lagen. Bei 50 hörte ich auf zu zählen. Man kann schon sagen, dass ich fluchtartig das Gelände verließ. Ehrlich gesagt, war ich froh, dass ich relativ unbeschadet im

Präsidium ankam. Ich musste mich schleunigst der Dokumentation widmen. Und den Müllbeutel musste ich auch noch abgeben. Gegen drei Uhr versammelten wir uns routinemäßig in Kemmerers Office. Auch heute schmunzelte er wieder über beide Backen. Er kam auf mich zu und nahm Tuchfühlung auf. Irgendwie schien er es auf meinen rechten Arm abgesehen zu haben. Wenn Sie so weitermachen, Fischer, dann bekommen Sie noch das bunte Verdienstkreuz der Bunten Republik Deutschland. Wie das? fragte ich betont ernst. Die Forensik hat uns die Ergebnisse gemailt. Punkt A: Der Stein ist mit hoher Wahrscheinlichkeit die Tatwaffe. Das Blut stammt von Müller. Und jetzt bass uff. An der Bananenschale, die du unweit des Tatortes gefunden hast, hat die Forensik DNA feststellen können.

Und zwar menschliche. Offensichtlich hing noch Sabber dran. Ich verstehe nur nicht, sagte er, wie die DNA da hingekommen ist. Ich kann es Ihnen erklären, sagte ich. Das liegt an einer speziellen, sagen wir es vorsichtig, Verzehrtechnik. Ich habe gestern Menschen gesehen, die ihre Bananen mit den Zähnen öffnen. Ein sanfter Biss in eines der beiden Enden. Fertig. Unfassbar. Soll ich es vormachen? fragte ich. Nein danke, um Himmels Willen, nein! Das ist ja wie im …, sagte Kemmerer. Meine Rede, sagte ich. Die Kolleg*innen haben die DNA mit dem System abgeglichen, aber das Ergebnis ist negativ. Mittlerweile war auch Schneider zu uns gestoßen, fast unbemerkt. Wir setzten uns um den Glastisch und fassten unsere Ergebnisse zusammen. Eine Sache fanden wir aber

irritierend. Müller und seine Radler-
gruppe waren regelmäßig am Erlensee,
sagte Schneider. Man wusste, wer sie
waren. Man kannte sie. Der Wirt hat
Müller zweifelsfrei anhand des Fotos
wiedererkannt. Im Prinzip kehrten sie
jeden zweiten Freitag dort ein und tran-
ken ein Bier. Meist Weizen. Manches
Mal auch zwei. Aber nie mehr. Die anderen Besucher nannten Sie nur die
Ökos. Offensichtlich weil der Chef der
Gruppe ein Fundi war und auch manchmal mit den anderen Gästen zu disku-
tieren begann. Der Wirt meinte, es sei
oft nervig gewesen. Er sei froh gewesen,
wenn sie wieder das Lokal verlassen
hätten. Nicht nur er. Aber jetzt basst uff!
Letzten Freitag. Letzten Freitag war
Müller nicht alleine, und da ist sich der
Wirt hundertpro sicher, da war er mit
einem weiteren Radler in der Klause.

Und wer war das? wollte Kemmerer wissen. Das habe ich den Wirt natürlich auch gefragt. Er wusste den Namen nicht, aber er hatte ihn wiedererkannt. Es war offensichtlich einer aus der Radgruppe. Das ist seltsam, sagte ich, denn soviel ich weiß, hatten außer Müller am Freitag alle Nachmittagsdienst. Konnte der Wirt Details nennen, fragte ich. Ja, konnte er. Es sei der, Zitat, Unsympathische gewesen. Oha, sagte ich. Das ist eine harte Nuss. Die, mit denen ich geredet habe, waren allesamt keine reinen Sympathieträger. Aber ich könnte trotzdem eine Art Hitliste erstellen. Und wenn ich mich recht besinne, dann käme Eichel bei mir auf die Pole-Position. Sozusagen der Kohoutek der Woche. Im Rheinland sagt man, glaube ich, fiese Möpp. Wie gehen wir jetzt vor? fragte Kemmerer. Ich habe heute eine

Probe mit DNA von Eichel in der Forensik abgegeben, sagte ich. Die Probe hatte ich zuvor in der Schule eingesammelt. Nur auf Verdacht. Vielleich haben wir morgen früh ein erstes Ergebnis. Wer weiß. Ein Motiv hätte er gehabt. Interessant, Fischer, sagte Kemmerer. Was ist deine Meinung dazu? wollte er von mir wissen. Es gab nur eine einzige Beförderungsstelle vom Studienrat zum Oberstudienrat. Und das anscheinend auf lange Sicht. Der finanzielle Unterschied beträgt round about 5000 Euronen im Jahr. Bei einer Lebenserwartung eines deutschen männlichen Beamten von 80 Jahren macht das 175000 Euronen. Ohne Zinsen. Das ist ein Haufen Schotter. So wie ich Schlosser verstanden habe, gab es mehrere Neider. Als sie davon erfuhren, dass Müller die Stelle bekommen sollte, haben sie sich ebenfalls darauf beworben. Eichel könnte darauf spekuliert haben, Müllers Nachrücker zu werden, sobald dieser verschwunden wäre. Meiner Meinung nach plausibel. Ich halte es für sinnvoll, dass ich morgen früh noch mal in die Anstalt fahre, um einige offene Fragen zu klären. Angeblich war Eichel Freitagmittag in der Musik-Konferenz. Das hat er mir zumindest gesagt. Aber das vor allem würde ich in dem Zusammenhang gerne noch einmal überprüfen. Klingt gut, sagte Kemmerer. Das machen wir so, legte er sich fest. Brauchst du Unterstützung. Nein, geht schon, sagte ich. Ich kümmerte mich noch um das Einpflegen von Daten und gegen fünf machte ich mich fertig für die Heimfahrt. An diesem Spätnachmittag wollte ich direkt in den Garten fahren, denn ich brauchte etwas Ablenkung. Immer noch diese unerträgliche Sahara-Hitze. Ich nahm mir vor, nicht an den Fall Müller zu denken. Ich entschied mich für den Radweg parallel zur Nieder-Ramstädter Richtung Traisa. Und dann Radweg Nr. 8. Das hat den Vorteil, dass man ruck zuck den Lärm der Großstadt hinter sich lassen kann. Als ich im Garten ankam, war es noch zu heiß, um zu gießen. Und deshalb setzte ich mich auf meinen Stuhl vom Sperrmüll und kühlte ein Bierchen mit Brunnenwasser. Ich setzte mich unter den Walnussbaum. Das hat den Vorteil, dass es dort so gut wie keine Insekten gibt. Zumindest bin ich unter dem Nussbaum noch nie belästigt worden. Einen anstrengenden Tag hinter mir, ließ ich meinen Gedanken freien Lauf. Unweigerlich fokussierte ich das vergangene Jahr.

(Nicht: Ich fokussierte mich auf das vergangene Jahr!) Und das Jahr, das davor lag. Es fing alles so lustig an, als ich wegen eines LWS-Syndroms einen Termin bei meinem Orthopäden in der Mornewegstraße wahrnahm. Nach der Anmeldung ging ich ins Wartezimmer, wo ich nur noch einen freien Platz vorfand. Und dann passierte es auch schon: Als ich meinen Rucksack abnehmen wollte, bemerkte ich, dass sich die Klettverschlüsse wohl an meiner Daunenjacke festgeklebt hatten und diese beim Abnehmen der Länge nach von oben bis unten, und zwar beidseitig und sogar relativ gerade, aufgerissen wurde. Im selben Moment ahnte ich nichts Gutes. Allein das Geräusch war aussagekräftig genug. Zuerst segelte eine einzige Daune an meinem linken Auge vorbei. Dann waren es auf einmal fünf, die am linken Auge vorbeischwebten. Bis schließlich eine ganze Wolke aus Daunen, übrigens 900er cuin, sich wie eine Virus-Wolke im ganzen Raum gleichmäßig verteilten. Und zwar in Zeitlupe. So schien es mir und so war es auch. Ich dachte..., nein, das sage ich jetzt nicht. Ich blickte in die Runde. Von links nach rechts und von rechts nach links. Es war unfassbar! Kein Mensch sagte etwas. Keiner/keine bot Hilfe an. Niemand schimpfte. Niemand machte einen Witz. Nichts. Null. Zero. Nada. Eine kleine Regung hatte ich, ehrlich gesagt, schon erwartet. Später dachte ich mir, vielleicht hängt das ja mit unserem Nationalcharakter zusammen. In angelsächsischen Ländern hätte man in so einer Situation sicherlich coole Sprüche vom Stapel gelassen, die die Situation auflockerten. Bloß nicht auffallen! Jemand könnte ja einen strafend angucken. Ich weiß es nicht. Ich ließ die Federn, wo sie waren, versuchte meine Jacke so gut es ging vorsichtig zu einem Ball zusammenzuknüllen, damit der restliche Inhalt da bliebe, wo er war und ging, mich vorsichtig erhebend, an den Empfangstresen. Dort schilderte ich mein Missgeschick. Wenigstens hier hatten sie ein Lächeln auf den Lippen. Wenigstens hier, dachte ich. Und die Damen hatten auch schnell eine Lösung parat: Die Jacke kommt in einen Müllsack, und für das Wartezimmer wurde der Staubsauger aktiviert. Als ich aus sicherer Entfernung ins Wartezimmer lunste, sah ich, dass einige Daunen mittlerweile auf den verschiedenen Frisuren gelandet waren. Offensichtlich beließ man es dabei, denn ich sah weiterhin keine Regungen. Wahrscheinlich liegen sie noch heute darauf, zwei Jahre später. Da es mitten im Winter war, machte ich mir darüber Gedanken, wie ich nach Haus käme. Immerhin lag die Temperatur um den Gefrierpunkt. Zunächst bekam ich meine Infusion, die die Schmerzen verschwinden ließen und dann ließ ich mir ein Taxi rufen, damit ich nicht zu lange ohne Jacke der Kälte ausgesetzt sein würde. Beim Verlassen der Praxis vermied ich es, erneut in den Wartebereich zu schauen. Den Müllbeutel nahm ich aber mit. Ich dachte nämlich, vielleicht ließe sich da noch was machen. Aber daraus wurde nichts: zu wenige Daunen. Das war auch die Zeit, als man erste Bilder von LKW (LKWs), die mit Knoblauch beladen waren und in die betroffene Region Wuhan fuhren, in den Hauptnachrichten sehen konnte. Zu diesem Zeitpunkt war das alles noch sehr, sehr weit weg. Ende Januar dann wurde ich von einer befreundeten Familie in Alsbach zum Abendessen eingeladen. Als man mich verabschiedete, sagte man mir: übrigens, der Skiurlaub in den Weihnachtsferien in Ischgl war dieses Jahr besonders schön. Damals musste ich zum ersten Mal schlucken. (Das heißt so!) Und plötzlich rückte das Problem näher. Kurz darauf erfuhr man in den Medien, dass Ischgl der erste Hotspot in Europa gewesen ist, von wo aus alles Weitere seinen Lauf nahm. Die Schlinge sollte sich schnell noch enger zuziehen. Anfang Februar unterzog ich mich einer schwierigen OP an der Ohrspeicheldrüse. Gefährlich wegen der Gesichtsnerven. In Erlangen. In Bayern. Warum Erlangen, warum Bayern? Ich hatte mich im Netz schlaugemacht, denn ich wollte nicht unbedingt aussehen wie eine Pizza Salami. Hä? Muss ich das verstehen? Nein, das musst du nicht. Und jetzt kommt's. Als ich am 10. Februar entlassen wurde, tobte gerade der Orkan Sabine. Sämtliche Bahnlinien in Bayern wurden für 24 Stunden stillgelegt. Toll, dachte ich, mit einem riesigen Verband an der Backe. Da fiel mir blabla ein. Und Michael war die Rettung. Ich schrieb ihm eine Mail. Er schrieb zurück. Treffpunkt Tankstelle, Richtung Autobahnauffahrt, außerhalb von Erlangen. Schnell, schnell. Ich nahm mir ein Taxi, das mich dorthin bringen sollte. Michael war pünktlich. Ich hatte riesiges Glück. So weit, so gut. Er war direkt aus München gekommen. So weit, so gut. Was hast du in München gemacht? Ich habe übernachtet. Schön, sagte ich. Gab es einen Grund? Ja, den gab es, sagte er. Ich bin nämlich On Board Courier. Aha, und was macht man da, wollte ich wissen. Ich überbringe Dokumente oder kleine Päckchen, die schnell und sicher übergeben werden müssen, und zwar persönlich. Und weltweit. Das heißt, du bist dauern unterwegs? Ja, genau. Ich fand das erstaunlich, denn Michael war über 70. Aber, sagte er, es hält mich fit. Okay, du hast in München übernachtet. Warum das? Und dann kam der Hammer. Ich kam gestern aus Wuhan. Oha, dachte ich. Du weißt, was da im Moment abgeht? fragte ich ihn, nicht ohne an meine eigene Gesundheit zu denken. Und darauf sagte er tatsächlich, und das wortwörtlich: Du, durch meine Lebenserfahrung kann ich sagen, ob jemand infiziert ist oder nicht. Wow, dachte ich, wenn sich das mal wissenschaftlich belegen lässt. Was hatte ich jetzt noch für eine Wahl? Draußen stürmte es, wir waren auf der Autobahn Richtung Würzburg, es regnete in Strömen. Der Himmel war dunkelblau bis schwarz. Züge gab es keine. Schicksal. Trotz allem wurde es nicht langweilig. Michael hatte früher eine eigene Firma. Er lebte jetzt alleine im Rhein-Main-Gebiet und sagte von sich, dass er keinen Bock habe, vor der Glotze zu sitzen. Deshalb reist er die ganze Zeit in der Weltgeschichte umher und verdient damit auch noch ein kleines Zubrot. In den Wintermonaten ist er abrufbereit, um am Frankfurter Flughafen Schnee zu räumen. Das fand ich gut. Schließlich war er dann sogar noch so freundlich, mich zu meinem Auto am Bahnhof in

Pfungstadt zu bringen. Ich gab ihm dafür einen 20er extra. Tolle Erfahrung. Als ich dann zuhause war, etwa drei Tage später, konnte ich in den Nachrichten sehen, dass das Klinikum in Erlangen Corona ausgebrochen war. Das erste Klinikum in Deutschland. Ich glaube, dass damals 80 Patienten in Quarantäne geschickt wurden. Ich hatte Glück. Denn es handelte sich um eine benachbarte Abteilung. Die Hautklinik. Ich war in der HNO gewesen. Aufatmen! Anschließend kam die Wundbehandlung in Eberstadt. Plötzlich stand man morgens vor verschlossenen Türen. Erste Corona-Maßnahmen. Man musste jetzt klingeln. Daten durchgeben, erst dann wurde geöffnet. Oben, in der Abteilung, Mundschutz. Das war Mitte März. An Ostern dann Völkerwanderungen an meinem Garten vorbei. Nicht nur an meinem Garten, sondern auch durch das angrenzende Naturschutzgebiet. Hier sind binnen kurzer Zeit völlig neue Wege entstanden. Das reichte aber noch nicht. Es verging kein Tag, an dem nicht jemand über den Zaun glotzte und mich belästigte. Unfassbar. Was issn das für'n Garten? Kann ich den mieten? Dürfen meine Kinder mal rein? Wo issn der Manfred? Und so ging es immer weiter, bis in den Sommer hinein. Als die Geschäfte dann wieder offen hatten, hat sich die Situation entschärft. Die zweite Welle war vorhersehbar. Und was nach Weihnachten 2020 kam, war auch vorprogrammiert. Und dann die Impfungen! Da ich wusste, wie rücksichtslos einige sind, und das geht durch alle Schichten, hätte ich die Impfwilligen auf Loren geschnallt, sie in sicherem Abstand durch die Impfzentren gejagt, von Robotern impfen lassen und erst am Ausgang wieder abgeschnallt. Denn ich habe den Eindruck, dass man hierzulande vergessen hat, was 150 cm tatsächlich bedeuten. Aber jahrzehntlange Konditionierung im Discounter lässt sich nicht so einfach leugnen. Oder jahrzehntelanges Handtuch auflegen. Das hat sich bereits in den Genen manifestiert. Während und nach der ersten Welle war ich überall – und ich meine auch wirklich überall – mit unvernünftigen Menschen konfrontiert gewesen. An sich sollte es kein Problem sein, sich so einen Lappen über die Schnauze zu hängen. Unter Freiheitsrechten verstehe ich was anderes. Vielleicht mal Kant lesen. Ich schaute auf meine Armbanduhr und stellte fest, dass es bald dunkel werden würde. Deshalb raffte ich mich auf und wässerte meine Mieze Schindler, die Erbsen und die Sibirischen Hörnchen. Und danach ging es wieder auf dem gleichen Weg zurück. Es war immer noch extrem warm. Ich war gespannt, was mich am nächsten Morgen erwarten würde. Ich nahm mir vor, mit dem Rad zur Schule zu fahren. Ich hatte keine Lust auf Stop-and-Go, um es auf Deutsch zu sagen. Ich hatte meinen erneuten Besuch bewusst nicht angekündigt. Ich wollte einen Joker aus dem Ärmel ziehen. Ich hatte zunächst Glück. Pam hatte heute Dienst und als sie mich sah, signalisierte sie mir, dass ich mich auf einen Kaffee freuen durfte. Ich hatte mich tatsächlich auf einen Kaffee gefreut gehabt. Sie kam aus dem Nebenraum und platzierte die Tasse direkt vor mich auf dem Tresen.

Nachdem ich etwas daran genippt hatte, sagte sie: gesunde Schule. Wir sind eine gesunde Schule. Das habe ich schon bemerkt, sagte ich. Und dann kam das Beste: Sie bot mir weitere Services an, die angeblich im Schulprogramm verankert seien. Maniküre? Pediküre to go? Nein danke, sagte ich. Aber das brachte mich auf eine Idee. Von der Gießkannen-Schlepperei hatte ich Aua in der Schulter. Deshalb sagte ich: Ich könnte eine Schultermassage gebrauchen. Sie deutete mit einer Geste Richtung Nebenraum. Ich ging hinein. Und da lag tatsächlich die beste jemals getestete Matratze. Ich legte mich auf den Bauch. Frau Kirsch begann sodann mich durchzuwalken. Ich lüge nicht, wenn ich sage, dass ich mich fühlte wie ein Brotteig im Status Nascendi in der

Nähe eines Ofens. Und zwar eines warmen Ofens. Sofort war die Verspannung wie durch Zauberei weg. Ich bedankte mich aufrichtig mit den Worten: Sie können das. Danach antwortete sie Gracias, sche säß. Offenbar wollte sie damit andeuten, dass sie auch noch die französische Sprache beherrschte. Ich fand das richtig gut, dass das Massieren ein Baustein des Konzepts Fitness for Body and Soul zu sein schien. A la bonne heure. Als ich wieder vor dem Counter stand, fragte sie nach dem Grund meines Kommens. Ich räusperte mich und sagte, dass ich gerne noch einmal mit dem Direktor reden wolle. Der ist noch unterwegs. Vor einer halben Stunde hat er hier angerufen. Wird noch ein Weilchen dauern. Aber: Sie können im Lehrer*innenzimmer warten. Gerne, merci vielmals, sagte ich. Sie ging an mir vorbei und führte mich in die heiligen Hallen. Ich nahm dort Platz, wo ich auch zuletzt gesessen hatte. Kein Mensch weit und breit. Ich schmerzfrei. Die Welt schien in Ordnung zu sein. Lalalalala, fing ich an zu singen, wie ich es oft mache, wenn mir langweilig wird. Oder wenn ich gute Laune vortäuschen möchte. Hier war es Tor 1. Tür auf, einer rein. Tür zu. Ein Mitglied des Lehrkörpers, wie ich vermutete, betrat durch die rechte Tür das Zimmer. Schnurstracks ans Vogelhäuschen, nichts drinne, weiter zur Toilette. Geistesgegenwärtig erhob ich mich von meinem Platz und sprintete zu seinem Fach. Herbert Gölzhäuser. Bingo. Ich joggte wieder zurück. Als der Lehrerkörper das Zimmer erneut betrat, diesmal von links, bemerkte er mich. Zunächst dachte er wohl, ich sei eine 3D-Animation, denn er gab keinerlei

Regung von sich. Noch nicht einmal der riesengroße Schnauzer bewegte sich. Weder horizontal, noch vertikal. Guten Morgen, sagte ich. Moin, sagte Gölzhäuser. Hätten Sie ein Minütchen Zeit für mich? fragte ich. Ich habe eine Freistunde. Müsste gehen. Nachdem ich mich vorgestellt hatte, plauderte er ein wenig über dies und das. Ich ließ es geschehen, wobei ich hoffte, dass ich auf verwertbares Material stoßen würde. Redundantes konnte ich ja löschen, also weghören. Ich habe in Frankfurt Deutsch und Erdkunde studiert, sagte er, und als es nach dem Studium keine offenen Stellen gab, das war damals so, da habe ich die Chance genutzt und bin nach Schleswig. Auf eine Hallig. Ich dachte, besser als nix. Und da habe ich es lange ausgehalten. Ich bin eher introvertiert, und deshalb kam mir das sehr gelegen. Jahrelang hatte ich nur einen Schüler. Können Sie sich das vorstellen? Ja, sagte ich, geht schon. Keine Elternabende, keine Fahrten, keine Pausenaufsichten, keine Konferenzen, kein Anfahrtsweg. Genial. Allerdings Verzicht. Es bedeutete, dass man verzichten können muss. Kein Edeka um die Ecke. Kein Geschäft weit und breit. Zwei, drei Häuser, fertig. Und Stürme. Was hat es gestürmt. Ich habe mich aber schnell angepasst. Komme ja ursprünglich aus dem Odenwald, und da pfeift es ja auch ganz ordentlich, gell. Ja, kann man so sagen. Irgendwann hatte ich aber die Nase voll und habe mich hier herunter beworben. Und vor fünf Jahren hat es geklappt. War schon eine Umstellung. Über 100 Kolleg*innen, weit über 1000 Schüler*innen. Ich verschwinde in den Pausen im Klassenraum. Kann das dumme Geschwätz nicht hören. Auf der Hallig hatte ich viel freie Zeit. Und da habe ich Posaune gelernt. Wenn es draußen schön war, habe ich meine Posaune geschnappt und bin ans Meer. Waren ja nur ein paar Meter. Und dann hat nicht nur der Wind, nein, auch ich habe geblasen. So war das. Hört sich gut an, sagte ich. Und als ich hier vorgestellt wurde, während der ersten Konferenz im Sommer, dann hat man mich gefragt, wo ich bisher unterrichtet hätte. Und da sagte ich auf einer Hallig. Und als sie mich fragten, was mein Hobby sei, da sagte ich blasen. Und plötzlich fingen alle an, lauthals zu lachen. Es wollte gar nicht mehr aufhören. Nach einer Viertelstunde kam der Direktor nach vorne und sorgte für Ruhe. Ich weiß bis heute noch nicht, was daran so lustig sein soll. Verstehen Sie das? Es heißt ja schließlich

Blasinstrument, sagte ich. Ich verstehe das auch nicht. Und kochen, sagte er, kochen musste ich mir wohl oder übel selbst beibringen, sagte er. Wenn ich nicht verhungern wollte, musste ich mich selbst versorgen. Und so kam es dann, dass ich an dieser Schule sozusagen der Koch wurde. Jedes Jahr bereite ich das große Weihnachtsessen vor. Die letzten Jahre immer mit Müller. Das hat richtig Spaß gemacht. Darauf können Sie Gift nehmen, sagte er. Ja, wir haben uns gut verstanden. Das war ein Schock für mich, als ich davon erfuhr. War es kein Unfall? Aller Wahrscheinlichkeit nach, nein. Gibt es einen Verdacht? Momentan ermitteln wir in alle Richtungen. Hatte er Feinde? fragte ich. Nicht direkt Feinde, aber es gab einige, die ihn nicht mochten. Aber deswegen umbringen? Nein. Das halte ich für abwegig.

Welche Fächer unterrichten Sie hier? Ich mache alles. Das habe ich mir auf der Hallig erarbeitet. Klar, Erdkunde und Deutsch sind meine Hauptfächer. Aber wegen meiner Posaune unterrichte ich auch Musik, von Klasse fünf bis zehn. Ich bin auch in der Musik-Konferenz. Oh, da hätte ich eine Frage. Wer hat am Freitag daran teilgenommen, können Sie sich erinnern? Wir sind nicht viele. Sieben, acht. Die Hälfte etwa war anwesend. Eichel auch? Eichel, nein. Der war entschuldigt. Hexenschuss hat er gesagt. Ist nach der 6. Stunde nach Hause. Vom Flur waren vereinzelt laute Geräusche zu hören. Er schaute auf seine Uhr und sagte: Gleich ist Pause. Ich werde dann mal abdüsen. Tschüss. Ja tschüss. Und schon gingen die Türen auf und innerhalb einer Minute war der Raum proppenvoll. Einer raus, alle rein. Nachdem alle an ihren Vogelhäuschen waren, die Post gecheckt und ihre Wasserflaschen in bekannter Manier abgearbeitet hatten, bildeten sich schnell Tandems. Es sah so aus, als ob sie es gar nicht erwarten konnten. Wie ich leise vernehmen konnte, wurde heute ein anderer Satz mantrahaft wiederholt: Alles wird gut! Alles wird gut! Alles wird gut! Ich verließ das Zimmer und ging noch einmal in das Office, um mich zu verabschieden. Die wichtigste Information hatte ich ja gerade erhalten gehabt. Danke Herbert oder besser: Herbert sei Dank! Frau Kirsch, ich muss sofort ins Präsidium. Ich habe gerade einen Anruf erhalten. Danke für alles. Wie denn? Wo denn? Was denn? Ich merkte, dass sie völlig von der Rolle war. Ich beeilte mich, denn ich hatte keinen Bock, Stieler in die Arme zu laufen. Ich ging zu meinem Bike und zunächst auch gemütlich durch die Wilhelminenpassage in Richtung Präsidium. Als ich dort ankam, stürmte Kemmerer förmlich auf mich zu. Du solltest Lotto spielen, sagte er. Stell die vor: Die DNA ist identisch. Wie denn? Wo denn? Was denn? sagte ich verdutzt. Die Chiquita! Ah, auch ein blindes Huhn, und so. Genau. Er zog mich am rechten Arm in sein Büro und holte Schneider dazu. Sieht so aus, als ob wir zumindest einen Verdächtigen haben. Bislang aber nur Indizien. Eichel könnte immer noch sagen, jemand hat seine Bananenschalen in der Schule gesammelt und dann am Bahndamm hinterlegt, möglichst sichtbar und in Tatortnähe. Möglich, sagte ich. Das würde ich ihm auch zutrauen. Aber ich habe den Eindruck, dass sich die Schlinge weiter zuzieht. Ich habe nämlich herausgefunden, dass er Freitagnachmittag nicht an der Konferenz teilgenommen hat. Das hat mir Gölzhäuser gesteckt, sagte ich. Okay, Kinnings, sagte unser Chef, warten wir es ab. Ich schlage vor, dass ihr beide Eichel noch mal einen Besuch abstattet. Wo wohnt er? fragte Schneider. Pfungstadt, irgendwo im Westen, sagte ich, muss nachgucken. Dann löste Kemmerer unser Briefing auf, und jeder von uns machte sich daran, seine To-do-Liste abzuarbeiten, wie es so schön auf Neudeutsch heißt. Als mir von dem Einpflegen und der Hitze fast schwindelig wurde, bekam ich den alles entscheidenden Anruf. Wir hatten Glück. Diese Woche lief es wie am Schnürchen. Wir hatten schon härtere Nüsse zu knacken gehabt. Gegen 11 Uhr

30 klingelte plötzlich mein Handy. Fischer. Ja, hier Wörner. Könnten Sie bitte hier vorbeikommen. Ich glaube, ich habe etwas Interessantes für Sie, sagte er. Ich bin in einer halben Stunde bei Ihnen, sagte ich. Bis dann. Ich ging zu Kemmerer, um ihm Bescheid zu geben. Ich nahm Schneider mit. Denn sie brauchte schließlich auch etwas Bewegung. So viel hatte ich mittlerweile schon gelernt gehabt. Immerhin. Gesundes Präsidium. Das wäre es doch! Fährst du? bat ich Carina. Bei der Hitze hatte ich keinen Bock, mich selbst hinter das Steuer zu setzen. Mache ich. Wir entschieden uns für die Karlsruher. Gute Entscheidung, zumindest außerhalb der Rush-Hour. Wir parkten in der Bachgasse und liefen zu Wörners Haus. Auch dieses Mal kam zuerst Scruffy. Man hatte uns sehnsüchtig erwartet,

denn ruckizucki ging auch schon das Tor auf. Moin. Moin. Morsche. Kommen Sie rein, ich möchte Ihnen was zeigen, sagte Wörner. Er führte uns in ein Zimmer im Erdgeschoss, das den größten Fernseher beheimatete, den ich in meinem Leben bis dato gesehen hatte. Fast die gesamte Wand war ein Screen. Geiles Teil, sagte ich anerkennend. Meine Leidenschaft sind Filme, sagte Wörner, und deshalb hab ich mir das Teil angeschafft. 88 Zoll, QLED. Ein Freund von mir, Roy Grande, ist auch in meiner NABU-Gruppe. Wir haben gemeinsam unseren Podcast ins Leben gerufen, wie Sie ja bereits wissen. Und jetzt kommt's. Als Roy am Freitagnachmittag von der Arbeit kam, hat er für unser Projekt einen Teil des Moores abgelichtet. Er war im Zug, in der Regionalbahn. Gestern hat er mir die Sequenz gemailt. Ich habe mir heute früh das Filmchen angeguckt. Und jetzt lass ich ihn noch einmal laufen. Passen Sie gut auf, sagte er. Schneider und ich pflanzten uns in die bequemsten Fernsehsessel, die ich bisher gesehen hatte. Es war ein Tag der Superlative(n). Zunächst dachte ich, Wörner würde uns ein Musikvideo von den Chemical Brothers zeigen, doch als ich das Crazy Sexy entdeckte, merkte ich, dass ich falschlag. Als die Bahn dann kurz vor Bickenbach war, bremste sie abrupt ab und kam zum Stehen. Signalstörung, sagte Wörner. Grande hatte voll aufs Moor gehalten, Zoom. Camcorder, sagte ich. Richtig, sagte Wörner. Nicht schlecht. Jetzt stoppte er den Film. Sehen Sie? Tatsächlich! In der linken unteren Ecke des Screenshots konnte man zwei Biker erkennen. Einer mit, einer ohne Helm. Hintereinander. Sie schoben ihre Räder. Jetzt ließ Wörner den Film weiter in Super Slow Motion laufen. Genial, sagte Schneider. Super Qualität. Man konnte klar erkennen, dass der hintere der beiden Fahrer, schwarzes gelocktes Haar, ovale Nickelbrille, rosa Leibchen, etwas aus seinem Rucksack holt. Und während der vordere sich das Gesicht abzuwischen scheint, bekommt er von seinem Hintermann eines gewaltig über die Rübe gebraten. Was zur Folge hat, dass er umfällt wie ein Sack, und zwar ein nasser. Aua, sagte Schneider. Das tut ja beim Ansehen schon weh. Und? wollte Wörner wissen. Der Geier, sagte ich. Wörner schaute irritiert und sagte hier gibt es keine. Eichel. Eichel ist eindeutig zu erkennen, sagte ich. Wörner wusste natürlich nicht, um wen oder was es sich dabei handelte. So heißt der Mörder, sagte ich. Ich verstehe, sagte Wörner. Wäre es möglich, diese Sequenz als Anhang an diesen E-Mail-Account zu schicken? fragte ich. Kein Problem, sagte Wörner, nichts lieber als das. Ich rufe schon mal Kemmerer an, der soll die Festnahme in die Wege leiten, sagte Carina. Alles Roger, sagte ich. Und dann verließ sie den Raum. Nachdem Wörner den Anhang versendet hatte, bedankten wir uns und fuhren ins Moor. Dafür gab es einen einfachen Grund: Carina hatte noch nie ein Moor in ihrem Leben gesehen gehabt. Wir fuhren zum Naturfreundehaus und gingen gemeinsam zu der Stelle, an der Detlef Müller gefunden worden war. Schau da drüben, sagte ich, der Tafelberg. Ja sind wir denn in Rio, oder was, scherzte Carina. Nein, natürlich nicht.

Das ist eine ehemalige Mülldeponie. Nein! Doch! Unfassbar, sagte Schneider. Und dann hörten wir einen langanhaltenden, sehr, sehr tiefen Ton. Was ist das denn, gibt es hier Rinder? fragte Carina erstaunt. Du wirst es nicht glauben, aber das ist einer dieser seltsamen Vögel, die hier anzutreffen sind.

CPSIA information can be obtained
at www.ICGtesting.com
Printed in the USA
BVHW030908241220
596429BV00001B/22

9 783347 213616